W0374759

Ausgeschieden
01. Dez. 2023
Stadtbücherei Heidelberg

© Emma Love

Alice Kuipers wurde 1979 in London geboren, studierte in Manchester und lebt heute mit ihren Kindern und ihrem Mann, dem Schriftsteller Yann Martell, in Saskatoon in Kanada. Sie hat Kurzgeschichten in Literaturzeitschriften und als Radioproduktionen sowie fünf Romane veröffentlicht, darunter den mehrfach ausgezeichneten Roman »Sehen wir uns morgen?«, der in über 30 Ländern erschien und zu einem internationalen Bestseller wurde.

Weitere Informationen zum Kinder- und Jugendbuchprogramm der S. Fischer Verlage finden sich auf *www.fischerverlage.de*

KJB

alice kuipers

SOMMERDUNKLE TAGE

Aus dem Englischen von
Angelika Eisold Viebig

Freundschaft / Liebe K
(ab 14)
Stadtbücherei
Heidelberg
17/208

KJB

MIX
Papier aus verantwortungsvollen Quellen
FSC® C083411
www.fsc.org

Erschienen bei FISCHER KJB

Die kanadische Originalausgabe erschien 2014
unter dem Titel »The Death of Us«
bei HarperCollins Canada
Copyright © 2014 by Alice Kuipers
Published by arrangement with
Westwood Creative Artists Ltd

Für die deutschsprachige Ausgabe:
© 2018 S. Fischer Verlag GmbH,
Hedderichstr. 114, D-60596 Frankfurt am Main
Covergestaltung: Frauke Schneider, Wittighausen

Satz: Dörlemann Satz, Lemförde
Druck und Bindung: CPI books GmbH, Leck
Printed in Germany
ISBN 978-3-7373-4129-5

Für Shatille – klug, genial und schön

EINS

31. JULI

Kurt

Ich lehne mich im Garten an einen Baum, die Nacht um mich herum ist wie schwarzes Wasser. Suchend taste ich in meinen Taschen nach Zigaretten, aber offenbar habe ich keine mehr. Auf Xanders Party läuft das volle Programm – Bier, Hotdogs, sturmfreie Bude.

Xander kommt aus dem Haus. Dünn wie eine Bohnenstange, groß, aber echt fit. Er kümmert sich darum, dass alle etwas zu trinken haben, dann stellt er sich zu den Jungs in meiner Nähe. Ich schlendere hinüber. Höre zu. Sie reden über Mädchen. Über Ivy. Klar, alle wollen was von ihr. Blond, sexy. Wenn sie will, dass ich sie küsse, wirft sie ihre Haare mit einer schnellen Kopfbewegung über die Schulter. Aber irgendwie bleibt sie trotzdem unnahbar. Sie ist einfach das Mädchen, das immer im Mittelpunkt steht, immer angehimmelt wird. Geht gar nicht anders.

Einer der Jungs, Greg, fragt: »Also kommt Ivy?«

Xander sagt: »Sie bringt Callie mit.«

»Callie ist auch heiß. Nicht wie Ivy, aber auch nicht schlecht.« Anscheinend wartet er darauf, dass ich ihm weitere Einzelheiten liefere, denn er fügt hinzu: »Mann, ich wette, Ivy geht voll ab.«

Auf einmal ist ein Schrei aus dem Haus zu hören. Ein Mädchen mit langen schwarzen Haaren – ich glaube, sie heißt Angel, auch wenn sie ganz und gar nicht engelsgleich ist, wie man so hört – stolpert heraus. Sie hält ihr Handy hoch und ruft meinen Namen. »Kurt!«

Xander hält sie fest, bevor sie mich erreichen kann.

Angels Wangen glänzen vor Schweiß. Sie wedelt mit ihrem Handy. »Es gab einen Unfall. Seht euch das mal an. Dustin hat es mir geschickt. Er wusste gar nicht … aber schaut doch mal!«

Ich bin jetzt näher dran. Zu nah. Auf ihrem Handy sieht man ein Foto der großen Brücke, doch irgendwas stimmt nicht. Ein ganzer Teil der Leitplanke fehlt. Ich stoße einen leisen Pfiff aus. »Mann, da ist aber jemand schwer dagegen gedonnert.«

Sie wischt zum nächsten Foto. »Ich hab doch recht, oder nicht?«

Da sehe ich, warum sie so ausgeflippt ist. Polizei und Feuerwehr ziehen ein Auto aus dem Fluss. Das

Auto ist ziemlich verbeult, aber nicht so stark, dass man es nicht mehr erkennen könnte.

Es ist Ivys Auto.

Mir wird schlecht.

Es ist *Ivys* Auto.

Angel dreht völlig durch.

Oh, verdammt, denke ich. *Callie!*

VIERZEHN TAGE ZUVOR

Ivy

Wir passieren endlich den Ortseingang von Edenville. Kevin lässt Alte-Leute-Musik von seinem Handy über die Stereoanlage des Autos laufen, eine Hand liegt auf Moms Bein, und die beiden singen. Ich starre aus dem Fenster und summe mit. Die Sonne scheint, und die breite Straße wirkt wie eine Einladung. Die Häuser in dieser Gegend sind aus Holz, ein wenig altmodisch, aber eigentlich echt nett.

Es dauert nicht mehr lange, und Kevin biegt in die Einfahrt seines Hauses ein. Das gleiche Haus, die gleiche matschige Einfahrt, alles gleich. Auf einen Schlag kommen die Erinnerungen zurück. Drei Jahre sind vergangen, seit wir hier gewohnt haben, und alles ist noch genau gleich.

Außer mir. Ich bin anders.

Mom dreht sich mit einem fröhlichen Lächeln zu mir. »Alles okay mit dir?«

»Klar, warum denn nicht?«

Sie kuschelt sich an Kevin. Es ist echt peinlich. Er ist eklig. Beginnende Glatze, übereifrig, zu fett im Gesicht, am Bauch, am Hintern.

»Auf geht's«, sagt er. Er sagt immer Dinge, die keinen Sinn ergeben. Auf, wohin? Mom meint, es sei wichtig, Männern zuzuhören. Vielleicht sagt ja eines Tages einer ihrer Freunde tatsächlich etwas, wofür sich das Zuhören lohnt. Ich lächle über meinen eigenen Witz und öffne die Autotür, blicke zu Callies Haus, das zwei Häuser weiter liegt. Ich erinnere mich, wie es war, als ich das erste Mal hier ankam und sie mit baumelnden Beinen oben im Baum sitzen sah. Ihr rotes Haar war mit einem Stift hochgesteckt. Sie sah mich aus zusammengekniffenen Augen an, wie eine angriffslustige Katze.

»Was hast du denn vor?«, fragte ich sie.

»Nichts.« Sie knabberte an ihrem Daumennagel.

Ich sagte: »Komm runter und zeig mir die Gegend. Ich bin neu hier.«

Sie kniff die Augen noch mehr zusammen, musterte mich auf ihre ganz eigene Art und kletterte vom Baum herunter. Es kommt mir vor, als wären nur drei Minuten vergangen und nicht drei Jahre.

Kevin und Mom kichern beim Aussteigen aus dem Auto. Er hebt sie mit Schwung hoch, und sie tun so, als wären sie frisch verheiratet – er trägt seinen Schatz über die Türschwelle –, sie lacht heiser.

Mein Herz bringt mich zurück nach Kansas – wie bei Dorothy im *Zauberer von Oz*. Ich umarme Diego, und ich bin es, die heiser an seiner Brust lacht, er küsst mich, küsst mich immer leidenschaftlicher.

Ich bleibe noch kurz bei dem Bild von Diego, wie er von der Bühne springt und leicht mit den Spitzen seiner Drumsticks auf meine Brust trommelt. *Verdammt, ja, Ivy.* Aber wir sind nicht mehr in Kansas. Ich streiche über mein Haar und bürste eingebildeten Staub von meinem weißen Jerseykleid. Mal sehen, ob Callie immer noch hier wohnt – Callie, der blitzblank glänzende Penny im Bankkonto meines Lebens.

Ich verstehe das, wirklich. Sie haben jetzt ein Baby und ansonsten ihren Teil schon geleistet: Was haben sie doch für eine erfolgreiche, ausgeglichene Tochter erschaffen.

Ich nehme keine Drogen. *Check.*

Ich trinke nicht. *Check.*

Ich gehe nicht zu wilden Partys. *Check.*

Okay, ich habe ein paar Piercings in meinem rechten Ohr, die Mom hasst. Und ich habe mein Haar schwarz gefärbt, worüber Dad den Kopf schüttelt. Und natürlich kann er nicht verstehen, was der dunkelblaue Nagellack soll, mit einem grün lackierten Nagel am Ringfinger jeder Hand. Ich habe ihm gesagt, dass es da nichts zu verstehen gibt.

Dennoch ist mein Zimmer immer aufgeräumt. *Check.*

Ich mache meine Hausaufgaben rechtzeitig. *Check.*

Ich werde an jeder Uni angenommen, an die ich gehen will – wahrscheinlich jedenfalls. *Check.*

Ich bin so normal, wie man nur sein kann. *Check. Check. Check.*

Wenn ich mich nur momentan meinen Eltern gegenüber nicht so komisch fühlen würde, wie ich mich eben fühle, dann könnten wir alle weiter so gut miteinander auskommen wie früher.

Ich sacke am Küchentisch in mich zusammen. Mom trägt Cosmo im Tragetuch und wechselt von einem Fuß auf den anderen, wie Mütter es immer so tun. Rechter Fuß, linker Fuß, rechter Fuß, linker Fuß, Cosmo schaukelt hin und her. Er schaut zu ihr hoch, sie schaut auf ihn hinab. Mutter und Kind, Mutter und Kind, und es sollte mir eigentlich egal sein, aber da ist dieses komische Gefühl in meiner Brust, gegen das ich einfach nichts machen kann. Im Grunde sollte ich mich über ein Baby im Haus freuen, und ich dachte auch wirklich, dass es so sein würde. Babys sind süß. Und Cosmo *ist* ja auch süß. Ich weiß, ich sollte darüberstehen. Ich bin sechzehn und müsste damit klarkommen, dass meine Mutter noch ein Kind bekommen hat.

Ich kratze an meinem Nagellack, scrolle durch mein Handy. Rebecca hat ein echt witziges Video gepostet, auf dem sie eine Puppe hält. »BABY!«, hört man sie rufen. Ich schnaube.

Mom sieht zu mir rüber. »Was war das?«

»Nicht so wichtig.«

»Kannst du es bitte leiser machen? Cosmo ist kurz vorm Einschlafen. Ich könnte heute vielleicht sogar noch ein wenig zum Arbeiten kommen.«

Das Video läuft in Dauerschleife, und Rebeccas Stimme ist wirklich laut, laut, laut, laut. »BABY! BABY! BABY!«

»Callie, mach das leiser. Außerdem gilt am Tisch sowieso: kein Handy!«

Es sitzt niemand mit mir am Tisch. Die Handy-Regel gilt ja wohl nicht, wenn ich die Einzige bin, die hier sitzt. Aber Mom sieht zu erschöpft aus, als dass ich mit ihr streiten will. Gehorsam stecke ich das Handy weg. Mir kommt es so vor, als ob Mom nur noch mit mir spricht, wenn es um Cosmo geht oder wenn ich irgendetwas anders machen soll.

Seidiges Licht fällt ins Wohnzimmer und auf alle möglichen Dinge, die dort verstreut sind, fällt auf den bunten Baby-Sitz, auf Windelpakete, Spielzeug und Musikinstrumente. Moms letztes Bilderbuch-Manuskript liegt ausgebreitet auf der Bank vor dem Fenster. Ihre strahlenden Illustrationen sehen aus, als würden sie in der Sonne lebendig.

Sie sieht, wie ich hinüberblicke. »Beinahe fertig. Ich muss nur noch einmal über diese Seiten gehen, sobald er schläft.« Sie streicht zärtlich über den Kopf des Babys. »Um drei gehe ich mit ihm zu den Zwillingen zum Kaffee trinken. Willst du mitkommen?«

»Und mit einer Horde Babys abhängen? Nein, danke.«

»Okay, Callie. Aber verbummele nicht den ganzen Tag. Du hast schon seit Wochen Ferien und immer noch keinen Job.«

»Ich hab es *versucht*!«

»Du warst in keinem der Hotels, so wie ich vorgeschlagen hatte.«

»War ich wohl. Ich hab dir doch gesagt, dass ich gestern dort war. Es ist nicht so einfach, wie du denkst, Mom. Ich habe meine Bewerbungen bei keine Ahnung wie vielen Stellen gelassen. Bis jetzt hat niemand angerufen.«

»Komm schon, Callie. Eigentlich sollte ich dir das nicht sagen müssen … du musst selbst aktiv werden. Geh noch einmal hin. Biete an, jederzeit zur Verfügung zu stehen, wenn sie dich brauchen. Zeig, dass du flexibel bist. Du brauchst einen Job …«

»Das hört sich so an, als wolltest du mich aus dem Haus haben.«

»Liebes, so ist das ganz und gar nicht.«

Dad kommt herein und geht geradewegs auf sie zu. Er trägt einen Bart, eine Brille und besitzt eine ganze Auswahl sich ähnelnder karierter Hemden und Jeans, und er hat eine tiefe, dröhnende Stimme. Er liebt schöne Dinge, Theater, griechische Heldendichtung und meine Mutter. Jetzt gibt er ihr einen dicken Kuss auf den Mund und nimmt sie ganz fest in die Arme. Sie lacht und gibt ihm einen Klaps.

»Schatz, du zerquetschst das Baby.«

Cosmo gluckst. Mom tut so, als sei sie sauer auf Dad,

weil er ihn geweckt hat. Sie verdreht die Augen und seufzt, aber sie ist nicht wirklich sauer. Ich weiß, ich sollte froh sein – oder was auch immer –, dass meine Eltern sich so gernhaben. Ich greife nach meinem Handy und lese ein paar alberne Posts. Mom fängt an, Cosmo etwas vorzusingen. Ich stelle mir vor, dass sie mir früher die gleichen Lieder vorgesungen hat.

Dad unterbricht mich in meinem Selbstmitleid. »Viel zu tun, Calliope?«

Ich schüttle den Kopf und lehne mich zurück, wische mir die Toastkrümel vom Mund. »Nur noch die letzten Verbesserungen an meinem Artikel. Dann ... weiß ich auch nicht.«

»Was macht denn Rebecca?«

»Hab ich dir doch schon gesagt. Sie ist mit ihrem Dad unterwegs, campen.«

»Also könnt ihr euch gar nicht eine Million Nachrichten am Tag schicken?« Er reißt die Augen auf und tut entsetzt.

»Sie hat Internet.«

»Im Busch? Gütiger Himmel, wie weit ist es mit der Welt gekommen?«

»Es funktioniert aber nicht immer.«

»Was ist mit deinen anderen Freundinnen? Wie heißt die eine gleich noch?« Er schnippt mit den Fingern. »Das Blumenmädchen.«

»Meinst du Dahlia?«

»Genau.«

»In Europa mit Liona, bis die Schule wieder anfängt. Tilly ist auch mit ihrer Familie weg.«

»Ich weiß. Sie sind auf ihrer Hütte. Siehst du? Ich höre dir sehr wohl zu.« Er schiebt einen Daumen in seine Gürtelschlaufe. »Hast du auch *Bonjour Tristesse* schon wieder gelesen?«

Dieses Buch lese ich jeden Sommer aufs Neue. Wenn die Sonne so durchs Fenster scheint wie gerade eben und der Duft nach Sonnencreme und geschnittenem Gras durch die offenen Türen hereinweht, dann merke ich jedes Mal, wie ich die Geschichte von Cécile, die gerade erwachsen wird, erneut durchleben will. Als ich sie zum ersten Mal gelesen habe, war ich dreizehn. Wie Cécile die Freundinnen ihres Vaters manipuliert, das ganze Durcheinander, der Selbstmord – durch all das habe ich mich selbst lebendiger gefühlt. Françoise Sagan hat diesen Roman geschrieben, als sie achtzehn war – gerade mal zwei Jahre älter, als ich jetzt bin. Jedes Jahr lese ich dieses Buch und hoffe, dass ich es vielleicht in diesem Jahr endlich schaffe, mit dem Schreiben von Prosa anzufangen. Das Handy in meiner Hand summt.

Die Nachricht ist von Kurt Harnett: Fertig mit dem Teil?

Er ist so was wie der Chefredakteur von *Flat Earth*

Theory, unserer Schülerzeitung. Momentan koordiniert er die Artikel für den Schuljahresanfang, und er will einen Beitrag über den Namen unseres Football-Teams: *Redmen.* Ist dieser Name nun abscheulich und rassistisch oder eine Tradition? Ich finde es interessant, mir zu überlegen, wie man darüber ausgewogen, neutral und sachlich schreiben kann. Die drei Leute, die ich interviewt habe, kamen richtig in Fahrt, sobald sie erst mal angefangen haben, darüber zu reden.

Der Artikel liegt nun ausgedruckt vor mir, damit ich die letzten Verbesserungen durchführen kann. Ich mache ein Foto davon und schicke es ihm zusammen mit den Worten Fast fertig. Dabei lehne ich mich noch ein wenig weiter zurück, bis ich kippele und die vorderen Stuhlbeine vom Holzboden abheben.

»Pass auf, dass du nicht fällst, Callie«, sagt Mom.

Sie schaut mich kaum an. Wie konnte sie das mitbekommen?

Kurt schreibt: Jetzt, jetzt, jetzt!

Ich richte den Stuhl wieder gerade aus, so dass er mit allen vier Beinen auf dem Boden steht, und antworte: Immer mit der Ruhe!

Treffen wir uns morgen und reden darüber?

Vielleicht. Aber warte mal noch, ob ich nicht vorher fertig bin. Weißt ja, dass ich alles perfekt haben will.

Ungefähr vier Stunden später liegt mein Exemplar von *Bonjour Tristesse* aufgeschlagen auf der Couch. Ich habe über die Küchenspüle gebeugt einen Pfirsich gegessen, meine Finger sind klebrig, der Pfirsich war wunderbar süß und schmeckte hervorragend. Während ich meine Hände wasche, denke ich über den vor mir liegenden Tag nach. Vielleicht laufe ich rüber zur Galerie und gehe mit Kurt, der dort arbeitet, den Artikel noch einmal durch. Ich könnte auch versuchen, Tilly online zu erwischen, oder sogar Dahlia, in welcher Zeitzone sie jetzt auch gerade sein mag, selbst wenn Mom es sicher gar nicht gut findet, wenn ich mit meinen Freundinnen chatte, weil ich heute noch nirgendwo meine Bewerbung abgegeben habe. Statt all dem bin ich dann aber letztlich bei dem Artikel hängengeblieben – eine Zeile davon zu ändern, hat dazu geführt, dass ich eine weitere ändern musste, und dann wieder eine andere. Eigentlich könnte ich jetzt auch genauso gut losgehen und mich doch noch um die Bewerbungen kümmern.

Mom ist oben und versucht, Cosmo zu beruhigen. Dad ist vor einer Weile weggegangen – er hat ein Büro in der Uni. Ich erwähne Dad, weil ich annehme, dass er es ist, als die Haustür geöffnet wird. Ich blicke nicht einmal auf.

»Callie, du wohnst *tatsächlich* immer noch hier!«

Ich hätte mich fast verschluckt.

»Es ist ja ewig her«, ruft sie aus, als ich mich zu ihr umdrehe.

Ich bin unfähig, ein einziges Wort herauszubringen, weil *Ivy Foulds* durch meinen Flur tänzelt, an der Küchentheke vorbei, die in den offenen Wohnbereich hineinragt, und mich inmitten einer riesigen Parfümwolke sofort umarmt. Sie riecht genau wie immer, Vanille, mit einer etwas schwereren Note, wie ein dunkler Wald. Ihr Haar kitzelt an meinem Gesicht, und im ersten langen Moment muss ich schwer gegen den Kloß in meinem Hals anschlucken. Ich erwidere ihre Umarmung ganz fest. Ivy ist zierlich, fast zerbrechlich, wie ein Vogel, aber dennoch kräftig.

Sie löst sich aus der Umarmung und mustert mich. »Schwarzes Haar? Wie süß. Also? Hast du mich vielleicht ein bisschen vermisst? Was sagst du, dass ich zurück bin? Ähm, hast du inzwischen ein Baby oder so? Was sollen die ganzen Spielsachen?«

»M… mein kleiner Bruder … Cosmo«, schaffe ich es zu stammeln.

Sie steht weniger als einen Schritt entfernt. Als wir dreizehn waren, war sie schon hübsch. Jetzt ist sie *umwerfend*! Ihr platinblondes Haar ist glatt, ihre grauen Augen haben noch immer das gleiche silberne Schlangenhautmuster, um das ich sie stets beneidet habe. Ihre Haut ist gebräunt und makellos. Lange Arme und Beine werden durch ein weißes Jerseykleid unterstrichen, das aussieht, als sei es teuer gewesen. Ich bin immer noch kleiner und etwas pummeliger als sie, und ich trage meine bequemste, allerunmodernste schwarze Leggings und ein übergroßes T-Shirt.

»Wir sind praktisch gerade erst zurückgekommen. Ich bin sofort rüber, und die Tür war offen. Ach, ich habe ja so gehofft, dass du da bist! Callie, wir werden solchen Spaß haben. Wir werden die elfte Klasse rocken, genau wie wir es vorhatten, weißt du noch?«

Ich weiß es noch, möchte ich sagen. *Ich weiß noch, wie sehr es weh getan hat, als du fortgegangen bist und dich nicht einmal verabschiedet hast.* Ich lehne mich gegen die Küchentheke.

Sie sagt: »Du willst bestimmt wissen, was passiert ist, oder? Bestimmt wolltest du es schon die ganze Zeit wissen. Hast du mich vielleicht online gesucht, oder so?«

»Ähm ...«

»Ich bin nicht so leicht zu finden. Ich weiß. Total retro, es ist echt cool.« Sie senkt konspirativ die Stimme. »Weißt du, ich bin nicht unter meinem echten Namen zu finden, sondern unter Kansas Pearl.«

»Natürlich habe ich nach dir gesucht.«

»Es gibt so viel, was ich dir erzählen muss. Aber zuerst: *Du!* Wie geht es dir? Wie läuft alles? Ein kleiner Bruder? Wo ist er?«

»Oben. Willst du ihn kennenlernen?«

»Oder du kommst rüber zu mir, in Kevins Haus und hilfst mir beim Auspacken. Weißt du noch? Das haben wir das letzte Mal auch gemacht.«

»Deine Mutter ist wieder mit Kevin zusammen?«

»Ja, er leitet jetzt das Kali-Bergwerk. Das ist 'ne große Sache. Er hat mir dieses Kleid gekauft.« Sie breitet die Arme aus und dreht sich vor mir.

»Ich hab ihn manchmal gesehen. Er hat nie etwas gesagt ... Nicht, dass er wohl überhaupt auf die Idee gekommen wäre, es mir zu erzählen, wenn ich's mir recht überlege.«

»Also, kommst du?«

»Auspacken? Klar. Ich sag nur noch schnell meiner Mutter Bescheid.«

»Ich kann gar nicht glauben, dass du immer noch da bist«, sagt sie. »Du siehst toll aus. Wunderschön, wie immer.«

Ich lache ihr Kompliment weg. »Ja, ja.«

»Ich hab dich wirklich vermisst.« Sie greift nach meiner Hand und drückt sie.

Ich drücke zurück. »Ich bin am nächsten Tag mit Blumen gekommen. Kevin hat mir aufgemacht und gesagt, dass du fort bist.«

»Und jetzt bin ich wieder hier.«

»Genau.« Ich merke, wie ich lächle.

Sie lässt meine Hand los. »Es war nicht meine Entscheidung, weißt du.«

»Klar.« Oben fängt Cosmo an zu weinen. Ich sage: »Ich schick meiner Mutter später eine Nachricht. Sie merkt wahrscheinlich nicht einmal, dass ich weg bin. Komm schon, hast du nicht gesagt, dass du auspacken willst?«

ZWEI

31. JULI

Kurt

Xander steigt in sein Auto, und ich lasse mich auf den Beifahrersitz fallen. Er murrt: »Los, los.«

Leute strömen heraus wie Ratten aus einem sinkenden Schiff. Eine der Cheerleaderinnen macht Fotos von Xanders Auto. Eine grausige Online-Montage wird folgen. Wie krank! Eine Gruppe Mädchen drängt sich weinend um Angel. *Aufhören,* möchte ich losschreien, doch stattdessen schreie ich Xander an.

»Fahr doch endlich!«

Xander sagt gar nichts. Er dreht den Zündschlüssel und drückt aufs Gaspedal.

Draußen treibt der Quarterback die Leute zusammen. *Genau! Bring sie weg! Gut.* Dann berechne ich die Entfernung von der Brücke zum Fluss, den Aufprall, die Geschwindigkeit des Autos. Die Party ist vergessen.

Xander sagt nichts. Er gehört zu der Art von Leuten, die du neben dir haben möchtest, wenn du in einem Rettungsboot sitzt. Der Typ, den du bei dir haben möchtest, wenn dein Flugzeug im Amazonas abstürzt und alle anderen tot sind.

Dieses Wort. Unveränderlich. Endgültig. Ein flaches, eigentlich langweiliges Wort, das an jedem Ende der Silbe durch einen Schlag mit der Zunge betont wird. Ich habe es laut ausgesprochen. *Tot.*

Xander sagt: »Komm schon, Mann. Gib mir irgendwas.« Sein Handy summt. »Yep«, sagt er und liest die Nachricht. Er steckt das Handy zwischen uns. St. Mary's Krankenhaus lese ich. Die Nachricht ist von einem Freund von ihm, der in der Notrufzentrale arbeitet.

Angespannt nimmt Xander die nächste Linkskurve verdammt knapp. Er überfährt eine rote Ampel und überquert die andere Brücke, die schmalere der beiden. Ich will nicht zu der großen Brücke schauen, zu der, deren Seitenbegrenzung das Auto durchbrochen hat, aber ich recke dennoch den Hals. Das Aufblitzen von Blaulicht. Boote darunter. Vier im Ganzen. Ich stelle mir die beiden unter Wasser vor, wie sie um Atemluft kämpfen, gefangen in der metallenen Umarmung des Autos.

Callie würde diese Beschreibung gefallen. Ganz bestimmt.

Xander rast mit siebzig durch eine Wohnsiedlung. Viel zu schnell. Aber er muss noch schneller sein. *Beeil dich!* Er biegt rechts ab auf die Hauptstraße, an Callies Haus vorbei. Durch das Fenster sehe ich ihren kleinen Bruder, Cosmo, auch wenn ich wünschte, ich hätte ihn nicht gesehen. Jemand hält ihn im Arm. Und er schreit.

VIERZEHN TAGE ZUVOR

Ivy

»Immer noch so unordentlich?«, fragt Callie.

»Wer, ich?« Wir sind in meinem Zimmer, packen meine Klamotten aus und versuchen, alles in einem Zimmer unterzubringen, das immer noch vollgepflastert ist mit Postern der Boygroups, die wir früher toll fanden. Überall liegt Zeug herum, Klamotten stapeln sich, Zeitschriften, mein brandneuer Laptop – *danke, Kevin* – ein eReader, alte Fotos. Da ist eines von mir und Callie. Ich halte es hoch.

Es zeigt uns beide, wie wir uns ganz fest umarmen und in die Kamera lachen. Einen Augenblick lang ist es, als sei ich wieder dort, Callies Haar kitzelt in meinem Gesicht, ich rieche ihr Shampoo und ihren Erdbeer-Lippenbalsam. Callies Vater hat die Aufnahme gemacht, kurz bevor wir zu diesem Spaziergang aufgebrochen sind.

Ich sage: »Meine Güte, sehen wir klasse aus.«

»Wenn du meinst.« Aber sie lächelt.

Ich zeige ihr ein anderes Foto von uns beiden, wie wir bei ihr im Garten in der Sonne liegen, und sage: »Deine echte Haarfarbe steht dir auch gut, finde ich.«

»Du klingst wie mein Dad. Ich mag es so, wie es jetzt ist.«

»Dann lass mich wenigstens deine Nägel frisch lackieren.«

»Was, gefällt dir das Dunkelblau nicht?«

»Ich mag die Farbe, aber sie blättert ab.«

»Jetzt hörst du dich wirklich ganz wie mein Dad an.« Callie schaut aus dem Fenster. »Von hier aus kann man unsere Haustür sehen. Schau mal, dort sind Mom und Cosmo. Sie besuchen die Zwillinge, die ungefähr so alt sind wie Cosmo. Mom fährt im Moment wirklich auf diesen ganzen Baby-Kram ab.«

»Echt?« Ich blicke aus dem Fenster. Ihre Mutter schiebt einen Buggy die Straße entlang. Sie geht genau wie Callie – ein wenig steif, die Schultern hochgezogen. Mich hat sie nie gemocht. Sie schreibt in ihren Bilderbüchern über Liebe und Mitgefühl, aber ich habe nie viel davon bei ihr entdecken können. Vielleicht kann ich sie diesmal davon überzeugen, dass ich ein guter Mensch bin. Ich frage: »Wie ist Cosmo denn? Ich würde ihn wirklich gerne kennenlernen.«

»Keine Ahnung. Er weint ziemlich viel.«

»Wenn du mich schon nicht deine Nägel machen lässt, dann hör wenigstens auf, aus dem Fenster zu starren und hilf mir mit dem ganzen Zeug, ja?«

Callie hilft mir dann auch, und wir quetschen eine zusätzliche Kleiderstange in den Schrank. Sobald die sitzt, hängen wir meine Kleider auf. Sie beugt sich vor, um den letzten meiner riesigen Koffer auszupacken, und zieht ein silbernes Kleid mit Spaghettiträgern heraus. »Wow«, sagt sie. »Ist das Seide?«

»Das alte Ding? Das kannst du haben. Ich trage es sowieso nie mehr. Ich trage inzwischen Weiß. Aber das hast du sicher schon gemerkt, oder?« Ich blicke auf die Reihe von Kleidern, die wir gerade aufgehängt haben. Alle sind weiß oder cremefarben.

»Echt, ich kann es wirklich haben? Es ist wunderschön.«

»Zu viele Sachen belasten nur, oder? Zeit, von vorn anzufangen.«

Callie sagt: »Du klingst ein wenig traurig.«

Meine linke Schulter hebt und senkt sich wieder. »Vielleicht ein bisschen.«

»Komm schon, du kannst mir vertrauen«, sagt sie. »Das weißt du.«

»Ich war in Kansas City in so einen Typen verliebt.«

In mir öffnet sich plötzlich ein klaffendes Loch, so ähnlich wie eine riesige Zahnlücke. Ich ertaste es und spüre fast körperlichen Schmerz, spüre, dass etwas fehlt.

Sie sagt: »Kansas Pearl? Dann hast du also in Kansas City gewohnt?«

»Dort waren wir jedenfalls im letzten Jahr. Vorher in San Francisco – Mom hat sogar versucht, wieder mit meinem Dad zusammenzukommen. Online. Nur für ein paar Monate. Du kannst dir vielleicht vorstellen, wie das funktioniert hat.«

»Nicht gut?«

»Wir müssen uns ja nichts vormachen.«

»Müssen wir nicht?« Callie meidet plötzlich meinen Blick.

»Du hast es niemandem erzählt, oder?«, frage ich. »Nicht Kevin? Nicht einmal deiner Mom?«

»Natürlich nicht.«

»Ich wusste, dass du es Kevin nicht erzählt hast, sonst hätte er uns wohl nicht wieder hierher gebracht.« Callie war immer loyal – das liegt einfach in ihrer Natur, wie bei einem Pferd. Ich meine das nicht böse, sondern positiv – ein gutes, loyales Pferd. Deshalb möchte ich auch am liebsten etwas für sie tun, wie ihr Haar schöner zu machen oder ihr ein paar coole Klamotten zu besorgen. Es gibt nicht so viele loyale Menschen auf dieser Erde.

»Freust du dich, wieder in Edenville zu sein?«, will sie wissen.

»Ich wollte eigentlich nicht aus Kansas weg.« Was für eine Untertreibung. »Ich …« Ich lege eine Hand auf meine Brust, auf mein Herz. »Können wir vielleicht das Thema wechseln? Warum probierst du nicht einfach mal das Kleid an? Dann könnten wir heute Abend noch in eine Bar gehen oder so.«

Sie lacht. »Ivy, wir sind zu jung, um in eine Bar reinzukommen.«

»Wir sehen viel älter aus als sechzehn. Willst du mir vielleicht erzählen, dass du noch nie in einer Bar warst? Echt jetzt? Noch nie?« Nun weiß ich, was ich für Callie tun kann. Sie muss einfach mehr rauskommen – ihre Mutter hat sie schon immer viel zu stark kontrolliert. Ich sage: »Wir werden so viel Spaß zusammen haben.«

»Ich weiß nicht«, protestiert sie schwach und legt ein Handtuch zusammen, das sie vom Boden aufgehoben hat.

»Es sind Sommerferien. Du hast dir das verdient. Ich sag dir was, ich werde dein Ticket für den besten Sommer sein, den du je hattest. Genau wie er es eigentlich das letzte Mal schon sein sollte.« Ich ziehe mein Kleid aus und werfe es auf den Boden.

»Okay, ähm …« Sie blickt weg.

Ja, sie muss definitiv lockerer werden. »Wirst du jetzt echt *rot*?«, frage ich.

»Klar.«

»Da gibt es doch nichts, was du nicht schon gesehen hast.«

»Wir sind jetzt keine Kinder mehr.«

Ich tanze durch das Zimmer.

»Ivy!«

Ich kichere. »Was?«

Callie lächelt. »Nichts. Zieh dir was an!«

»Wenn du mich deine Nägel lackieren lässt. Und wenn du versprichst, mein silbernes Kleid zu tragen …«

Ihr Handy klingelt und schneidet mir das Wort ab.

Mom ruft an. Ups, ich habe vergessen, ihr eine Nachricht zu schicken, und bin inzwischen schon ewig bei Ivy.

Sie sagt: »Ich bin jetzt auf dem Heimweg.« Ihre Stimme klingt angespannt.

»Was ist denn los?«

»Deine Granny ist diese furchtbare Treppe hinuntergefallen. Ich habe ja schon immer befürchtet, dass so etwas mal passieren wird. Das Krankenhaus hat angerufen.«

»Krankenhaus?«

»Dein Vater kommt noch nicht weg, jedenfalls nicht die nächste Stunde. Ich brauche dich, um auf Cosmo aufzupassen … bitte, meine Süße.«

»Geht es Granny gut?«

Ivy klopft auf eine Stelle neben sich auf dem Bett und fragt leise: »Alles in Ordnung?«

Mom sagt: »Wo bist du denn? Bist du gar nicht zu Hause? Ist das Rebecca?«

»Ich bin gleich da, keine Sorge. Wie geht es Granny?«

»Es geht ihr gut. Glaube ich jedenfalls. Sie ist ein bisschen durcheinander. Hör mal, wir sehen uns sowieso gleich zu Hause, ja?« Mom beendet das Gespräch.

Ich setze mich neben Ivy und fühle mich auf einmal ganz schwer. »Meine Granny ist gestürzt.«

»Geht es ihr gut?«

»Ich glaube schon. Aber ich muss los. Ich muss auf Cosmo aufpassen. Das habe ich noch nie so richtig gemacht.«

»Es kann doch nicht so schwer sein, rauszufinden, was ein kleines Kind will. Ich komme mit und helfe dir.«

»Ähm, ich glaube, Mom wäre es lieber, wenn ich …«

Ivy rutscht näher. »Ich verstehe. Familie.«

Ich beuge mich zu ihr, um sie zum Abschied zu umarmen, aber sie macht dieses französische Ding mit Küsschen rechts, Küsschen links. Auf dem Bett umarmen wir uns so halb, aber es endet damit, dass Ivy mein Haar küsst. Irgendwie unbeholfen und ein wenig peinlich.

Dann bin ich draußen. Ich gehe so schnell ich kann über die hintere Gasse zurück, den Staub des Sommers an meinen Sandalen, den Schmutz des Tages auf Kleidung und Haar, das silberne Seidenkleid fest in der Hand.

An dem Morgen, nach dem Ivy wieder in mein Leben getreten ist, bin ich zeitig aufgewacht. Nicht, dass ich wirklich viel geschlafen hätte, bei all den Sorgen, die ich mir um Granny mache. Ich sage mir immer wieder, dass sie ja schließlich wieder aus dem Krankenhaus entlassen wurde, also kann es doch nicht allzu schlimm sein, und dass Mom und ich sie nach dem Frühstück besuchen werden. Eine warme Brise weht durch mein offenes Fenster, hebt die Vorhänge an, als ob der Tag hereinspähe. Es ist bereits hell, obwohl es noch nicht einmal sieben ist. Ich liebe das Licht in Edenville.

Ein Satz taucht plötzlich in meinem Kopf auf. *Sie bat dich am Fluss innezuhalten, und die Welt platzte auf wie eine Eierschale.* Das passiert mir andauernd: Worte schweben wie Blasen in meinem Kopf herum, aber ich schreibe sie nie auf. Vielleicht befürchte ich, dass sie dann irgendwie anders, womöglich albern aussehen. Bei der Schülerzeitung ist das etwas anderes – Sachtexte finde ich unkomplizierter und geradliniger, als ob es einen vorgegebenen und richtigen Weg dafür gäbe. Mom ist immer übertrieben interessiert, wenn ich für die Schülerzeitung schreibe, übertrieben begeistert, übertrieben stolz. Ich weiß, ich Ärmste! Vielleicht sollte ich mich ja sogar über ihr Interesse freuen. Aber stattdessen setzt mich das unter Druck, etwas ganz Besonderes zu schreiben, was wiederum dazu führt, dass meine Kreativität zusammenschrumpelt und vertrocknet. Eine Stimme dringt jetzt durch mein geöffnetes Fenster herein.

»Aufwachen, Schlafmütze. Aufwachen, aufwachen!«

Ich setze mich auf und beuge mich aus dem Fenster. Ivy steht auf dem schmalen Grasstreifen in der Mitte unserer Straße. Sie trägt enge schwarze Shorts und ein genauso enges weißes Workout-Top. Ich kenne niemand sonst, der darin gut aussehen würde. Sie joggt auf der Stelle und winkt zu mir hoch.

»Auf geht's, Callie.«

»Was machst du denn schon so früh am Morgen?«

Sie schreit: »Unser erstes Projekt heißt Abnehmen.«

Ich habe vielleicht nicht Ivys Model-Körper, aber trotzdem. »Ähm, nein danke.«

»Nicht du! Ich! Ist das verrückt? Aber ich brauche einen Jogging-Partner.« Sie joggt weiter leicht auf der Stelle, hüpft von einem Fuß auf den anderen, als sei der Boden zu heiß.

»Du bist doch schon total dünn.«

Sie dreht sich um und klopft auf ihren schmalen Po. »Und so soll es auch bleiben. Meine Schenkel sind viel zu breit.« Sie läuft einen kleinen Kreis, dann noch einen, und blickt nach jeder kleinen Runde lächelnd zu mir hoch.

»Du brauchst doch nicht abzunehmen, Ivy! Außerdem bin ich noch nicht mal aufgestanden.«

»Ich akzeptiere kein Nein. Komm schon.« Sie fängt an, Hampelmänner zu machen.

»O mein Gott! Alle werden uns sehen.«

»Steh auf! Und zwar gleich, oder ich muss dir ein Ständchen bringen.«

Ich lache. Die morgendliche Brise ist erfüllt vom Duft der Rosen im Garten unseres Nachbarn, und eigenartige Glücksgefühle erfassen mich. »Okay. Warum nicht? Gib mir zehn Minuten. Aber bitte nicht singen!«

Sie singt: *»When the saints go marching in …«* Etwas, was Ivy noch nie konnte, ist, den richtigen Ton zu treffen.

Ich tauche vom Fenster weg und stehe auf. Ich glaube kaum, dass ich irgendwelche Klamotten habe, die auch nur ansatzweise zum Joggen taugen, aber Mom hat ein Outfit für Zumba. Ich schleiche mich in ihr Zimmer, um die Sachen aus dem Schrank zu holen. Sie liegt nicht im Bett. Wahrscheinlich ist sie bei Cosmo in seinem Zimmer, dessen Wände mit farbenfrohen, fröhlichen Fischen bemalt sind. Ich hoffe, sie hat besser geschlafen als ich, aber ich bezweifle es. Cosmo schläft nie durch. Ich ziehe meinen Pyjama aus, quetsche mich in Moms Top und ziehe die Jogginghosen an.

Ich mustere das ungemachte Bett meiner Eltern. Ich muss nicht überlegen, wo Dad wohl ist. Er arbeitet zu den unterschiedlichsten Zeiten, um Mom bei Cosmo ablösen zu können. Ich weiß nie, wann er von der Uni nach Hause kommt. Sieht so aus, als hätte sein Tag noch zeitiger begonnen als meiner. Ein Blick auf mein Handy überzeugt mich, dass ich locker rechtzeitig wieder zurück sein werde, um Granny zu besuchen.

Schnell ziehe ich Strümpfe und meine alten Turnschuhe an. Bestimmt sehe ich total albern aus.

Ivy singt inzwischen lautstark: *»All things bright and beautiful,/ All creatures great and small,/ All things wise and wonderful,/ GO JOGGING IN THE MORNING!«*

Ich muss los, bevor sie Cosmo weckt.

An Anfang ist das Laufen die absolute Tortur. Schon nach zwanzig Schritten brennen meine Lungen, und ich bekomme keine Luft mehr. Ich versuche, mit Ivy Schritt zu halten, die vor mir herläuft wie ein anmutiges Reh. Im weichen Morgenlicht sieht sie aus wie die Hauptdarstellerin in einem Hollywood-Film, und ich komme mir vor wie der überanstrengte Kameraassistent, der die schwere Ausrüstung schleppen muss. Ich werde langsamer, doch Ivy scheint es gar nicht zu bemerken, also zwinge ich mich, meine schmerzenden Beine weiterzubewegen. Ich werfe einen Blick auf mein Handy, das die ganze Zeit unangenehm in meiner Hosentasche herumhüpft. Wir joggen jetzt erst seit vier Minuten, und ich komme schon fast um. Selbst als ich langsamer laufe, wird das Brennen in meinen Lungen noch schlimmer, und ich spüre einen stechenden Schmerz.

»Ivy, bleib stehen«, stoße ich hervor.

Sie hüpft zurück und packt meinen Arm, damit ich nicht zusammenklappe. »Du musst dich einfach überwinden und weitermachen«, drängt sie mich. »Lauf weiter. Oder gehe zumindest weiter. Glaub mir. Komm schon, wir haben ja noch nicht einmal angefangen.«

Sie stoppt unsere Zeit, während wir zwei Minuten lang gehen, und dann ermutigt sie mich, wieder zu laufen. Wir machen ein wenig langsamer. Diesmal halten meine Lungen es aus, und obwohl ich richtig schwitze, habe ich zumindest das Gefühl, dass ich das mit dem Joggen hinbekommen kann.

Wir wechseln immer wieder zwischen Gehen und Laufen, und dabei kommen wir durch Straßen, auf die ich noch nie geachtet habe, an hübschen Holzhäusern vorbei, an die ich mich gar nicht erinnern kann. Ich komme mir ein wenig vor wie Odysseus, der durch fremde Länder reist, und frage mich schon, ob mir wohl Lotusesser oder Zyklopen begegnen werden. Die Leseratte in mir kommt einfach immer wieder durch.

Ivy unterbricht meine Gedanken. »Du hältst dich wirklich gut.«

»Meine Beine fühlen sich an wie Pudding. Wie lange laufen wir denn noch?«

»Noch eine Minute, dann gehen wir wieder. Denkst du, du kommst klar?«

»Ich hatte keine Ahnung, dass ich so außer Form bin. Ich fühle mich, als müsste ich gleich sterben. Und dir macht es gar nichts aus?«

Sie zuckt mit einer Schulter. Das ist eine ihrer Gesten, an die ich mich sehr gut erinnere. »Wohl kaum. Mit dir Schritt zu halten, ist ja keine große Herausforderung.« Sie stupst mich leicht an.

»Noch nicht. Warte es nur ab.«

Jetzt läuft sie wieder schneller. »Bloß noch ein bisschen länger. Fast geschafft. Fast. Okay … JETZT.«

Sie wird langsamer, und ich bleibe vornüber gebeugt stehen, um Luft zu schnappen.

»Fang mit dem langsamen Gehen an! Dann fühlst du dich gleich besser.«

Ich hebe den Kopf und gehorche. Wir sind gar nicht so weit von meinem Zuhause entfernt, aber weil ich normalerweise immer mit dem Auto unterwegs bin, und zwar ziemlich schnell, habe ich nie wirklich auf die in unterschiedlichen Farben gestrichenen Türen geachtet, auf die kleinen, mit Booten verzierten Briefkästen, den winzigen weißen Hund, der uns mit überraschender Heftigkeit anbellt, den gepflegten Garten mit seinem Meer von Lilien. Es müssen die Endorphine sein oder was auch immer, denn plötzlich bin ich richtig gut gelaunt.

In diesem Moment sehe ich Kurt Hartnett aus einem nicht so ordentlichen gelben Haus kommen, kaputtes Spielzeug liegt im Vorgarten verstreut, eine Tüte mit Müll steht vergessen vor der Haustür, eines der Fenster ist zugenagelt, das andere hat einen provisorischen Vorhang, der ein Kopfkissenbezug sein könnte. Er nimmt die Mülltüte und bemerkt mich gar nicht; darüber bin ich erleichtert, denn ich bin völlig verschwitzt, mit zerzausten Haaren. Die Wimperntusche von gestern (Wimperntusche ist das einzige Make-up, das ich überhaupt benutze) ist wahrscheinlich völlig verschmiert. Ich frage mich, was er hier macht, denn Kurt wohnt eigentlich nicht in meiner Gegend, sondern in einem riesigen, schicken Anwesen ein wenig außerhalb.

Ivy stößt mich mit dem Ellbogen in die Rippen. »Der ist irgendwie süß.«

»Findest du?«

Kurt hat breite Schultern, ist ziemlich groß, hat superkurzes Haar und so dunkle Augen, dass sie schon fast schwarz sind. Rebecca findet ihn nicht so süß, für sie ist er nicht rau und wild genug. Tilly findet ihn ganz annehmbar. Ich mag es, wie er die Redaktionstreffen leitet, mit seinem Stift auf den Tisch tippt, während er darauf wartet, dass wir uns alle gesetzt haben. Dann hört er jedem zu, der eine Idee hat, auch wenn sie sich am Anfang ziemlich albern anhört. Ich weiß aber nicht, ob ich ihn süß finde. Ich denke einfach nur, dass er cool ist. Heute trägt er ein blaues T-Shirt, die kurzen Ärmel hat er hochgeschoben, so dass man seine Bizepse sehen kann, und ich entdecke ein Tattoo. Als wir näher kommen, sehe ich, dass es griechische Buchstaben sind: γνῶθι σεαυτόν. Was die wohl bedeuten? Man sieht das Spiel seiner Muskeln, als er den Müllsack hochhebt und in einen Abfalleimer steckt.

Jetzt entdeckt er uns. Wir befinden uns nicht weit von ihm entfernt auf einer leeren Straße, und das zu einer echt frühen Uhrzeit. Außerdem sieht eine von uns umwerfend aus: enganliegende Laufkleidung, leuchtendes blondes Haar.

Kurt wischt sich die Hände an seiner Jeans ab und sagt: »Ihr zwei seht ja richtig, ähm, energiegeladen aus.« Er fügt hinzu: »Hey, hast du mir das Teil schon gemailt?« Seine Stimme ist weich und melodisch, wie die tiefen Töne eines Cellos.

Ich antworte: »Ich will nur noch ein letztes Mal drübergehen.«

»Perfektionistin!«

Ivy stößt mich an und füllt die Stille, die ich entstehen lasse. »Ihr beide …«, sie wedelt mit der Hand in meine Richtung, »… kennt euch? Komm schon, mach uns bekannt!« Sie wirft ihr Haar mit einem langen, gebräunten Finger über die Schulter, der Fingernagel ist grell pink lackiert. So wie sie Kurt unter ihren Wimpern hervor ansieht, könnte man glauben, er sei der einzige Mann im ganzen Universum. Er hat keine Chance.

»Das ist Kurt Harnett. Er geht auch auf die Edenville High. Ein Jahr über uns.«

Ivy sagt: »Ich bin neu hier.«

»Dachte ich mir fast«, antwortet er und hebt eine Augenbraue.

»Also, was kann man hier Cooles unternehmen?«, fragt Ivy.

»Kommt darauf an, was für dich *cool* ist.«

»Coole Musik, Partys, das Übliche.« Ivys Handy piept. Sie holt es aus ihrem BH und wirft einen Blick darauf.

Kurt sagt zu mir: »Ich schick dir noch ein paar Anmerkungen zu dem Artikel über die Stipendien. Vorher muss ich noch was erledigen, also klappt es mit dem Treffen später doch nicht.« Er blickt zu dem heruntergekommenen Haus mit dem chaotischen Vorgarten. Dann sagt er. »Der Ausschuss wird die Kürzungen in der ersten Augustwoche behandeln, auch wenn wir Sommerferien haben. Du kennst ja diesen Deppenhaufen … sie werden es durchwinken, solange alle mit etwas anderem beschäftigt sind.«

»Ich wusste, dass das Ganze noch nicht ganz stimmig war. Ich hätte noch warten sollen, anstatt ihn dir schon zu schicken.«

»Er ist super. Nur ein paar winzige Änderungen, das ist alles.«

Ich hatte den Artikel aus einem spontanen Ärger heraus geschrieben. Das Stipendienprogramm an unserer Schule fördert Schüler, die es sich nicht leisten können, zur Uni zu gehen, es aber aufgrund ihrer Leistungen verdient hätten. Die meisten derjenigen, die in der Vergangenheit ein solches Stipendium erhalten haben, sind inzwischen erfolgreich – haben entweder eigene Firmen gegründet, arbeiten in der Regierung oder unterrichten selbst. Einer ist sogar Hirnchirurg geworden. Aber die Schule will das Programm kürzen, angeblich wegen *»Schwierigkeiten bei der Finanzierung«*.

Ich frage: »Die erste Augustwoche?« und checke meinen Handy-Kalender. »Ich merke es mir vor und werde hingehen, dann kann ich darüber auch berichten.«

Ivy blickt von ihrem Handy auf und ruft: »Wovon redet ihr denn überhaupt, Leute?«

»Ach nichts. Komm, gehen wir«, sage ich.

»Nichts kann man da nicht sagen«, widerspricht Kurt. »Es ist sogar sehr wichtig.« Er dreht sich zu Ivy. »Es geht um einen Artikel für *Flat Earth Theory*.«

Ivy lacht. »Jetzt blicke ich wirklich überhaupt nicht mehr durch.«

Ich sage: »Ich erkläre es dir später.«

»Hey, wir fahren morgen runter an den See«, sagt Kurt. »Mein Freund Xander und ich wollen mit meinem Boot rausfahren. Wir könnten euch abholen.«

»Du hast ein Boot?«, fragt Ivy. Sie wirft verblüfft einen Blick zum Haus.

Kurt erstarrt für den Bruchteil einer Sekunde, so kurz, dass ich mir nicht sicher bin, ob Ivy es bemerkt hat. Er antwortet: »Ja. Mein Dad ist praktisch auf einem Segelboot aufgewachsen. Also, wollt ihr mitkommen?«

Ich will ihm schon sagen, dass das nicht geht, weil es mir meine Mutter auf keinen Fall erlauben wird, aber Ivy ist schneller und sagt, dass wir total gern mitkommen. Dann lässt sie sich Kurts Nummer geben, berührt ihn leicht am Arm, zieht mich mit sich und beginnt auf lockere, sexy Art loszujoggen. Dabei wirkt sie völlig entspannt. Was sie wahrscheinlich auch ist.

Ich folge ihr, dann blicke ich zurück zu Kurt, der seine Augen gegen die Sonne abschirmt und uns nachsieht.

Ich rufe ihm zu: »Also dann, ciao.«

Ivy joggt zurück in meine Richtung. »Komm schon«, sagt sie.

Kurt nickt uns zu und geht ins Haus. Ich bleibe mit dem Fuß an einem losen Stück Bordstein hängen und stolpere, rudere mit den Armen und halte mich an Ivy fest, um nicht zu stürzen.

Sie lacht und stützt mich. »Alles okay mit dir?« Dann umarmt sie mich. »Er ist ziemlich süß. Ich liebe diesen eher zurückhaltenden Typ. Er wird mir bestimmt über alles weghelfen. Du bist die Beste!«

Als ich nach Hause komme, steht Mom mit müden Augen und gerötetem Gesicht in der Küche. Cosmo steckt in seinem Tragetuch und hängt an ihr dran wie ein glatzköpfiger Koala, nuckelt mit seinem zahnlosen Mund an ihrer Schulter, und das Erste, was Mom von sich gibt, ist: »Warum hast du keine Nachricht hinterlassen?«

Meine bisherige adrenalingesteuerte gute Laune wird ersetzt von einer post-sportlichen Genervtheit. Ich sage: »Ich dachte, du merkst sowieso nicht, dass ich weg bin.«

Mom hält beim Brotschneiden inne und legt betont

langsam das Messer ab. »Callie, hör auf damit.« Das ist üblicherweise der Hinweis für mich, mich zurückzuhalten, um noch problemlos aus der Sache rauszukommen, doch ich bin nicht in der Stimmung für ein problemloses Ausweichen. »Ich muss wissen, wo du bist«, fügt Mom hinzu.

»Ich bin doch kein kleines Kind mehr.«

Cosmo muss die angespannte Stimmung spüren. Er windet sich, dann schreit er, wird ganz rot im Gesicht und bäumt sich auf, kämpft mit dem weichen Stoff des Tragetuchs. Ich schau ihn an und frage mich – wie schon öfter zuvor – wie dieses winzige, grantige Schreikind mit mir verwandt sein kann. Es ist schwer, mir vorzustellen, dass ich auch mal so ein Baby war, auch wenn die Fotos zeigen, dass ich mit drei Monaten fast genau wie er ausgesehen habe.

Mom kitzelt Cosmo unter dem Kinn, und sofort hört er auf zu schreien und lächelt. Die Empfindungen eines Babys ändern sich so schnell. Vielleicht haben Cosmo und ich mehr gemein, als ich dachte, denn plötzlich bin ich nicht mehr gereizt, sondern nur müde.

»Ich war laufen. Ich weiß, das sieht mir nicht ähnlich.« Ich lächle und biete eine freundliche Unterhaltung an. »Tut mir leid. Ich wollte nicht so grantig sein.«

Mom hört gar nicht zu. Cosmo strahlt sie jetzt an, während sie ihn weiter kitzelt. »Jetzt kannst du wieder lachen, ja?«, sagt sie und wirft mir einen entschuldigenden Blick zu. »Beeil dich und mach dich fertig, Callie.«

Ich schleppe mich unter die Dusche, und plötzlich mache ich mir wieder Sorgen um Granny.

Mom hat uns mit ihrem eigenen Schlüssel Zutritt zu Grannys Wohnung verschafft. Normalerweise kommt Granny immer lächelnd selbst zur Tür. Ich bin nervös, als wir durch das leere Wohnzimmer gehen und Granny schlafend in ihrem Bett vorfinden. Als ich mich zu ihr beuge und ihre pergamentartige Wange küsse, riecht sie wie immer nach Rosen, aber auch nach Schweiß und noch etwas anderem. Ich will gar nicht genauer darüber nachdenken, was für ein Geruch das ist, setze mich auf den Bettrand und nehme ihre samtweiche Hand in meine.

Granny bewegt sich und sagt: »Du liebe Güte, ich wusste ja nicht, dass ich Gesellschaft habe … was sollt ihr nur von mir denken? Kein Tee gemacht, noch nicht einmal angezogen.« Obwohl sie schon vor fast siebzig Jahren nach Edenville gezogen ist, hat sie immer noch einen starken britischen Akzent. Manchmal ertappe ich mich selbst dabei, wie ich ein britisches

Wort oder eine Redewendung benutze, und ich weiß, dass es ihre Stimme ist, die durch mich spricht. Sie stützt sich ab, um sich aufzusetzen, und lässt meine Hand los.

Ich setze an: »Granny ...?«, muss jedoch schwer schlucken. »Entschuldige, ich hab nur ...«

Sie lässt sich gegen die Kissen sinken, die ich hinter ihr aufgeschüttelt habe. »Also, hör mal, Callie, mir geht es bestens.« Dann wendet sie sich direkt an meine Mutter. »Du liebe Güte, Lizzy, ich bin doch noch nicht völlig gebrechlich. Du hast mir gar nicht gesagt, dass Callie heute mit dir kommt.«

Weil ich Granny so gut kenne, weiß ich, dass sie verärgert ist. Sie will nicht, dass ich sie so im Bett liegen sehe. Es piekst ein wenig in meinem Herzen, als ob jemand dort mit der Nadel hineinsticht. »Tut mir leid, Granny. Ich wollte unbedingt mitkommen. Dad passt auf Cosmo auf, und ich dachte, das ist eine gute Gelegenheit.«

»Aber natürlich.« Sie hebt eine von bläulichen Venen durchzogene Hand und sagt: »Elizabeth, wie wäre es, wenn wir zusammen Tee trinken?«

Gehorsam schlüpft Mom aus dem Zimmer und geht in die Küche.

Ich rufe ihr nach: »Ich kann ihn auch machen, Mom.«

Granny sagt munter zu mir: »Nein, nein, du bleibst hier bei mir.«

»Wie geht es dir denn?«

»Alles gut, Kindchen. Ich bin noch nicht bereit, den Löffel abzugeben.« Es ist, als folgten ihre Hände meinem Blick, denn sofort beginnt sie, lose Haarsträhnen zu bändigen und hochzustecken. Sie verwandelt sich von der zerbrechlichen Bettlägerigen wieder in ihr normales Selbst und senkt die Stimme, als sie mich fragt: »Also, was macht meine Lieblingsenkelin denn im Moment so?«

»Deine *einzige* Enkelin.«

»Genau.«

»Nichts Besonderes, einfach Ferien. Aber wie geht es dir denn nun wirklich?«

»Es war Madeline, die das Problem war.« Ihr Blick wird weich. Sie sagt: »Es ist nicht einfach zu verzeihen. Aber sag mal, Joanie, hast du so etwas schon einmal erlebt?«

»Granny«, sage ich. »Ich bin's, Callie.«

»Aber ja. Ach, ich Dummchen. Und wer *bist* du?«

Das ist nun kein einzelner Nadelstich mehr, das ist eine ganze Reihe von Stichen.

Sie sagt: »Ach, was war das für ein Spaß, als ich jung war ... Als ich hierherkam, meine Liebe, da gab es hier eigentlich gar nichts. Ich dachte, die Plumpsklos seien kleine Schuppen – dabei waren es Außentoiletten! Liebe Güte, welche Zustände! Ich schrieb nach Hause, dass ich wie eine Königin leben würde, obwohl das gar nicht stimmte.«

Ich warte darauf, dass sie weiterspricht. Als die Pause zu lange dauert, frage ich: »Hast du deine Heimat vermisst?«

»Es war ja nicht wie heute. Es war, als bräche man auf zu einer … Ach, es war damals einfach eine ganz andere Welt.« Ihre Augen leuchten auf. »Callie, mein Liebes. Es ist so schön, dich zu sehen! Wir müssen zusammen Tee trinken.«

»Mom macht schon einen.«

»Ach ja? Wunderbar! Was gibt es Neues bei dir?«

Ich habe sie noch nie so erlebt und bemühe mich, eine Unterhaltung in Gang zu bringen. »Ähm. Erinnerst du dich an meine Freundin Ivy?«

»Ivy … Die mit der *Mutter*?« Plötzlich ist sie wieder voll da.

»Bitte fang nicht damit an.«

»Aber natürlich nicht.«

»Also, ähm, Ivy ist zurück. Wir sind heute Morgen zusammen joggen gegangen.«

»Das hört sich an, als hättet ihr miteinander Spaß gehabt.«

»Ich wünschte nur, ich wäre so … so selbstbewusst

wie sie. Sie hat heute einen meiner Freunde kennengelernt, und er war total von ihr beeindruckt, das war nicht zu übersehen. Sie ist einfach umwerfend.«

»Ach, Callie, meine Liebe. Das bist du auch.«

»Das sagst du nur, weil du meine Großmutter bist.«

Sie lacht und ist wieder ganz wie sonst, interessiert sich für alles und plaudert fröhlich. »Ich wünschte, ich hätte damals, als ich noch jünger war, gewusst, wie hübsch ich war. Es geht alles dahin, meine Liebe. Aber sag mal, meinst du denn, es wird Probleme mit Ivys Mutter geben? Willst du mit deiner Mutter sprechen? Oder soll ich es tun?«

»Lass mich erst mal abwarten, ja?«

Ihre Augen werden feucht. »Ich habe mir so oft gewünscht, ich wäre mit dem Zirkus davongelaufen. Ich wette, du hast nicht gewusst, dass deine alte Großmutter jonglieren konnte.«

Mom kommt zurück ins Zimmer mit einem Tablett, auf dem neben der Teekanne drei Teetassen stehen und eine Porzellanschale mit drei Schokokeksen. Sie blickt mit leicht gerunzelter Stirn zu uns. »Was habt ihr beiden denn zu flüstern?«

Granny sagt: »Ich würde so gern wenigstens noch einmal auf dem Seil balancieren. Aber das werde ich wohl nie mehr machen können, oder?«

Mom gießt uns schweigend Tee ein.

Wir sind auf dem Nachhauseweg von Grannys Wohnung zu uns, was nicht sehr weit ist. Blütenduft liegt in der Luft, und die Vögel singen. Es ist viel leichter, über andere Dinge nachzudenken als über Granny. Über Granny nachzudenken, macht mir Angst und gibt mir das Gefühl von Haltlosigkeit. Stattdessen schwebe ich lieber im La-La-Land. Irgendwie, wie durch ein Wunder, wird Mom mich vielleicht doch mit Ivy auf dem Boot mitfahren lassen, *trallala*.

»Mom, hör mal, ich hab überlegt, ähm, ob ich vielleicht morgen mit auf dem Boot von einem Freund rausfahren könnte. Später, nachdem wir Granny besucht haben. Wir haben doch sonst nichts weiter vor, oder?«

Aber zu der Sorte Eltern gehört sie nicht. Ihr Mutter-Radar ist ständig im Einsatz, und jetzt blinkt er rot auf.

»Auf welchem Boot?«, fragt sie.

»Keine große Sache. Es ist einfach nur ein Freund aus der Schule. Er hat mich gefragt, ob ich nicht Lust habe, morgen mit ihm und einem Freund rauszufahren.«

»Wer ist *er*?«

»*Er* ist der Chefredakteur unserer Schülerzeitung. Ich hab dir schon von ihm erzählt. Kurt Hartnett.«

»Nein, hast du nicht.«

»Habe ich doch. Es ist alles in Ordnung. Er ist nett.« Die meisten Leute meines Alters müssten ihre Mutter nicht einmal um Erlaubnis fragen, aber so funktioniert meine Familie nicht. Meine Mom vertritt die Meinung, dass Kinder so lange wie möglich Kinder bleiben sollen. Ihre Bücher werden als allerliebst, unschuldig und skurril beschrieben.

»Wir wollen morgen wieder deine Großmutter besuchen.«

»Ich weiß. Ich sagte ja auch *danach*. Bitte, Mum, du musst es mir erlauben.«

Sie schiebt ihr Kinn nach vorn. Ich weiß, was das bedeutet. Es bedeutet, dass sie es mir gleich verbietet.

Ich sage: »Ich bin ja nicht mit ihnen allein. Ivy kommt auch mit.«

Sie bleibt unvermittelt stehen. »Ivy? Welche Ivy? Soll das heißen, Ivy Foulds?«

Ich nicke.

»Sie ist *hier*?«

»Sie ist gestern zurückgekommen. Ich war bei ihr, als du wegen Granny angerufen hast.«

»Bei ihr zu Hause? Ivy Foulds? Liebes, ich glaube nicht, dass das eine gute Idee ist.«

»Geht das jetzt wirklich wieder los?«

»Du warst am Boden zerstört, als sie fort war.«

»Es war nicht ihre Schuld!«

Mom fragt: »Warst du auch mit Ivy joggen?«

»Joggen ist gut für mich. Es ist ja nicht so, als hätte ich irgendetwas Gefährliches gemacht!«

Ihr Gesicht wirkt verkniffen. Sie geht wieder weiter, also gehe ich auch weiter. Sie sagt: »Ich will nicht mit dir streiten. Ich bin erschöpft, mache mir furchtbare Sorgen um deine Großmutter, und jetzt das.«

Ich sage leise: »Bitte, Mom. Ich will doch nur mit ein paar Freunden eine Bootsfahrt machen.«

»Du warst schon immer wie verhext von diesem Mädchen. Denk doch mal nach … Weißt du noch, wie du die arme Rebecca behandelt hast?«

»Wir waren ja noch Kinder … Wieso spielt das denn jetzt überhaupt noch eine Rolle?«

Wir sind zu Hause angekommen. Mom öffnet die Tür und sagt: »Die Freundschaft mit Ivy war vor drei Jahren schon nicht gut für dich, weshalb glaubst du, sollte es jetzt anders sein?«

»Ich weiß schon, worum es wieder geht …«

»Es geht darum, dass dein Freundeskreis aus anständigen Leuten wie Rebecca bestehen sollte.«

Wir stehen im Flur. Dad schaut von seinem Platz auf dem Sofa irritiert zu uns. Cosmo liegt auf dem Bauch auf einer Decke auf dem Wohnzimmerboden und gluckst zufrieden vor sich hin.

Ich bin sonst *nie* so, aber die Vorstellung, wie Ivy mit

Kurt auf dem Boot fährt, die Haare über die Schulter wirft und ihre gebräunte Hand in seine legt … diese Gedanken schmerzen wie lauter Nadelstiche. Und so sage ich lauter, als ich vorhatte: »Mir reicht's, ich habe keine Lust, dauernd das Gefühl zu haben …«

Cosmos Gesicht verzieht sich.

Mom sagt: »Jetzt sieh dir nur an, was du gemacht hast, Callie! Ständig tun wir alle so, als wärst du nicht total selbstsüchtig. Begreifst du eigentlich, wie müde ich bin? Wie dankbar ich für ein wenig Hilfe wäre?«

»Ich habe nicht darum gebeten, dass ihr noch ein Baby bekommt! Dauernd heißt es immer nur Cosmo hier und Cosmo da.«

Mom schlägt mit der Hand auf den Tisch in der Diele. »Wie kannst du dich unterstehen, so mit mir zu sprechen? Du wirst sie nicht treffen. Hast du verstanden?«

»Was meinst du?«

»Du wirst Ivy nicht mehr treffen. Basta.« Ihre Wangen sind knallrot. Cosmo fängt jetzt an richtig zu schreien.

»Ich bin sechzehn!«

»Solange ich nicht sehe, dass du dich wie eine Erwachsene benimmst, werde ich dich auch wie ein Kind behandeln. Ich verbiete es dir, sie zu sehen.«

Sie verbietet es mir? Ich muss hier raus! Ich stürme

nach oben und schlage die Tür hinter mir zu. Davon fühle ich mich auch nicht besser. Ich heule ins Kissen wie diese Mädchen in den Liebesfilmen, dann schreibe ich Ivy, dass ich nicht mit aufs Boot kommen kann.

Sie ruft mich sofort an. »Callie, was ist denn los? Ist was mit deiner Großmutter?«

Es ist mir peinlich, als ich merke, dass meine Antwort stockend und mit viel zu hoher Stimme erfolgt. »Tut mir leid. Ich habe mich gerade mit meiner Mutter gestritten.«

»Ich komme rüber.«

»Ich darf gerade keinen Besuch haben. Und morgen lässt sie mich auf keinen Fall mit.«

Ivy überlegt nicht einmal. »Aufs Boot? Kein Problem. Wir sagen Kurt einfach, dass wir ein andermal mitkommen.«

Mir wird leichter ums Herz. Ich schaue aus dem Fenster auf die dicht belaubten grünen Bäume und den strahlend blauen Himmel. Ich sage: »Das wäre super«, stehe auf und fange an, auf meinem Schreibtisch herumzuräumen, wische mit einem Kleenex über die freie Fläche.

»Ohne dich würde ich mich dabei sowieso ganz verlassen fühlen.«

»Mein Gott, ich hasse es, mit ihr zu streiten.«

»Ich weiß, wie sich das anfühlt. Alles okay mit dir?«

»Ich bin nur ... ach, keine Ahnung. Mom macht sich solche Sorgen um Granny. Die war irgendwie gar nicht sie selbst ... sie war in Gedanken ganz woanders und hat dauernd alles vergessen. Ich dachte, der Sturz von der Treppe sei gar nicht so schlimm gewesen, aber anscheinend hat sie sich doch ziemlich heftig am Kopf verletzt. Wahrscheinlich hätte ich netter zu meiner Mutter sein sollen.«

»Echt blöd gelaufen. Soll ich vielleicht zu deiner Mom gehen, damit sie dich mitlässt?«

Ups, nächstes Problem. Ich kann Ivy unmöglich sagen, dass Mom mir verboten hat, sie zu treffen. Das ist einfach zu absurd. Ich sage: »Nein. Und eigentlich bin ich unfair. Du solltest mit aufs Boot. Du bist neu hier und brauchst Anschluss.«

»Echt? Aber nur, wenn das für dich in Ordnung ist.«

»Klar.«

»Bist du wirklich, wirklich sicher?«

»Total. Erzähl mir später, wie es war, 'kay?« Ich lege mich wieder aufs Bett und tue mir zum tausendsten Mal schrecklich leid. Manchmal bin ich selbst mein größer Feind.

DREI

31. JULI

Kurt

Wir kommen am Krankenhaus an und stürmen in die Notaufnahme. An der Information sitzt eine gelangweilte Frau, die auf ihr Handy schaut. Xander fragt sie nach den Unfallopfern. Der Mund der Frau wird ganz schmal. Ich höre sie sagen: »Wenn Sie nicht zur Familie gehören, können wir nichts für Sie tun.«

Ich sage: »Können Sie uns denn wirklich gar nichts sagen?«

Sie antwortet nicht einmal.

Xander läuft los. Ich folge ihm. Einen langen, grauen Flur entlang, zu beiden Seiten stehen Türen offen, dahinter krank aussehende Leute. Es riecht nach Bleichmittel, schlechtem Essen, Elend. Wir kommen in einer Ecke mit drei Ledersofas an. In einem Fernseher läuft ein Zeichentrickfilm. Eine Frau sitzt zusammengekauert da.

Ich sage leise zu Xander: »Das muss Ivys Mutter sein.«

Sie sieht aus wie Ivy, nur nicht ganz so natürlich – das Haar ist zu gelblich, das Gesicht mit Botox vollgepumpt. Zuerst dreht sie sich nicht einmal zu uns um. Stattdessen hängt ihr Unterkiefer herab und gibt den Blick auf eine weiße Zahnreihe frei. Ihre cremefarbene Seidenbluse ist falsch zugeknöpft. Die Frau steht auf und sieht mich geradewegs an, doch ihre Augen sind so ausdruckslos wie zwei Kieselsteine.

»Mrs Foulds?«, fragt Xander.

Ihr Blick wandert zu ihm. Eine Hand hat sie auf ihre Brust gepresst. Als wolle sie verhindern, dass ihr Herz vor uns zerspringt. Sie sagt: »Sie wissen noch nicht viel. Es ist schlimm. Ich kann nur warten, sie haben mir gesagt, ich soll warten. Nicht hier. Irgendwo anders. Aber das kann ich nicht. Ich kann dort nicht warten. Doch nicht mit den anderen Eltern …«

Ich will nach Callie fragen, aber Mrs Foulds plappert einfach weiter. »Der Doktor sagte dann, ich soll hier warten. Hier ist es ruhiger. Mein Kevin ist die ganze Nacht noch unterwegs … Er muss dauernd reisen, obwohl wir gerade erst nach Edenville zurückgekommen sind … viele Reisen … Er ist ein wichtiger Mann … Aber er ist auf dem Weg … bald. Er wird mich schon finden. Die Ärzte werden mich finden …«

Xander unterbricht sie behutsam, als spräche er mit einem Kind. Er nimmt ihre Hand und stellt sich vor. »Ich bin Xander Buckmaster, ein Freund von Ivy. Und von Kurt. Möchten Sie vielleicht eine Tasse Kaffee?«

Mann, Xander ist klasse. Total ruhig.

Mrs Foulds nickt. Sie packt Xanders Arm. »Meine Kleine! Ich weiß, ich habe Fehler gemacht, aber ich … ich bin vielleicht keine perfekte Mutter, aber ich liebe meine Tochter.«

»Natürlich«, sagt Xander. Ruhig. Ganz ruhig.

Mrs Foulds sagt: »Es wird bestimmt alles wieder gut mit ihr. Es muss einfach gut werden.«

Aber mit keinem von uns wird alles wieder gut sein. Nie mehr.

ZWÖLF TAGE ZUVOR

Ivy

Kurt hupt vor unserem Haus. Mom schläft auf dem Sofa. Sie ist wunderschön, wenn sie schläft. Ich bemerke eine eingehende SMS von Kevin auf ihrem Handy. Dirty Talk. Igitt. Ich lege das Handy neben sie.

Sie bewegt sich, säuerlicher Geruch steigt von ihr auf wie Dampf. Verdammt, Mom, jetzt sind wir gerade mal zwei Tage wieder hier. Glaubst du, dass Kevin das nicht merkt? Ich nehme die Flasche.

Das Zimmer ist dunkel, die Vorhänge sind zugezogen. Niemand kann mich sehen, aber ich blicke mich trotzdem um. Ich setze die Flasche an meine Lippen und halte sie dort. Dann nehme ich sie ganz langsam wieder weg. Ich werde *nicht* trinken. Ich bin *nicht* wie sie – *siehst du, Mom, wie leicht es ist, nicht zu trinken?* Wir sind das Ergebnis unserer täglichen Entscheidungen, und das hier ist meine Entscheidung. Ich gieße den restlichen Flascheninhalt in die Spüle und wünschte, Mom würde nicht immer wieder einen Weg finden, Nachschub zu bekommen. Aber ich werde meine Energie nicht mit diesen Gedanken verschwenden. Ich zähle: *eins, zwei, drei, vier, fünf.*

Ich bin bereit für den Bootsausflug. Ein Sommerkleid für einen sonnigen Sommertag. Kurt hupt noch einmal. Jetzt habe ich ihn lange genug warten lassen, den armen Kerl. Mit Männern ist es wie mit Hunden, sie brauchen Training und eine Belohnung, wenn sie etwas gut gemacht haben. Kurt ist sehr geduldig gewesen. Ich stecke mir ein Kaugummi in den Mund, gehe die Verandatreppe hinab und schlüpfe auf den Rücksitz, denn auf dem Beifahrersitz sitzt noch ein anderer Typ – dünn, mit Bart und Brille, leicht nach vorne gebeugt, weil er so groß ist. Er dreht sich zu mir um.

»Hi«, sage ich zu ihm, »ich bin Ivy.«

Er nickt mir zu. »Xander.« Ich vermute, er ist jedermanns Freund – einer von der Sorte, die immer alles reparieren kann.

»Callie schafft es leider nicht«, sage ich. Ich kann gar nicht fassen, dass sie nicht kommt und mich mit zwei süßen Typen ganz allein lässt. Nichts, womit ich nicht vorher auch schon klargekommen wäre, natürlich, aber mit ihr würde es tausendmal mehr Spaß machen. Ich frage Kurt: »Kann ich hier drin rauchen?«

Er schüttelt den Kopf. »Das Auto gehört meinem Vater.«

»Ich sollte wohl wahrscheinlich sowieso aufhören.« Ich *liebe* es zu rauchen. Ich liebe alles daran, besonders diesen allerersten, unglaublich tollen Zug. Aber noch während ich das mit dem Aufhören sage, wird mir klar, dass es stimmt. Es könnte Zeit sein, damit aufzuhören. Neue Stadt, neues Leben.

Xander fragt: »Woher kommst du, Ivy?«

Kurt lässt das Auto an. Aus diesem Blickwinkel sieht er aus wie Diego. Mein Herz macht einen Satz. Ich weiß gar nicht, wieso ich das nicht gestern gleich bemerkt habe, aber wenn ich jetzt so hier sitze – Kurt könnte Diego *sein*. Ein besserer Diego, weichere Gesichtszüge, der Mund voller. Ich sage: »Ich habe ungefähr ein Jahr in Kansas City gelebt. Dann hat mich ein Wirbelsturm hierher gebracht … genau wie Dorothy.«

»Also ist das hier Oz?«, fragt Kurt.

Ich sage: »Ohne die böse Hexe.«

»Und gefällt es dir?«

»Ich war schon vor drei Jahren mal hier, aber nur für den Sommer. Davor habe ich in Paris, Lille, New York, Madison, Calgary, Fort McMurray und keine Ahnung in wie vielen anderen Orten gelebt. Es gefällt mir hier genauso gut wie anderswo.«

Kurt fragt: »Wieso bist du so oft umgezogen?«

Mom sagt, die beste Art, mit Männern zu reden, ist, sie das Reden übernehmen zu lassen. Bleib geheimnisvoll. Sie mag nicht die beste Mutter der Welt sein, aber sie scheint auf jeden Fall ziemlich gut darin zu sein, einen Freund zu finden. »Genug von mir«, sage ich. »Erzählt mir von diesem Boot.«

Mom arbeitet mit Cosmo im Tragetuch, die Tasten machen leise Tipp-Geräusche. Wahrscheinlich hört sie über ihre Kopfhörer ihre übliche grässliche Musik. Einen Moment lang sehe ich ihr zu. Als ich klein war, habe ich immer in ihrem Büro auf dem Boden gespielt und darauf gewartet, dass sie mit einer Illustration fertig wurde. Dann haben wir uns ihre Arbeit zusammen angesehen, lange bevor sie angefangen hat, sie zu veröffentlichen und mit jedermann zu teilen. Ich bleibe an der Tür zu ihrem Büro stehen. Vielleicht sollte ich sie einfach fragen, ob ich Ivy sehen kann, die inzwischen von dem Bootsausflug zu Hause sein müsste. Mom zieht sich einen Ohrstecker heraus.

»Was ist, Callie?«

Ihr Ton ermutigt mich nicht gerade. Ich sage: »Nichts.« Ich kehre in mein Zimmer zurück und schreibe Ivy eine Nachricht: Was machst du gerade?

Wir verabreden uns in einem Café, das es vor drei Jahren noch nicht gab und das *Mystical Java* heißt. Ich kann selbst nicht glauben, dass ich das mache, als ich aus meinem Zimmer spähe. Mom ist am Telefon – Bla bla – irgendein Problem mit ihrer Arbeit, die Zeichnungen sind zu unruhig und sollen stromlinienförmiger werden oder so. Ich schleiche mich an ihrem

Arbeitszimmer vorbei und die Treppe hinunter. Im Handumdrehen bin ich aus der Haustür. Cosmo fängt prompt an zu schreien. Draußen im Sonnenschein und in der leichten Brise atme ich langsam aus, mein Herz klopft heftig.

Unter überhängenden, dicht belaubten Zweigen, die sich aus riesigen alten Bäumen herauswölben, überquere ich die Straße. Eine Katze erschrickt und faucht, rennt in Deckung, während ich bereits an den ersten paar Läden entlang der Pine Hill Street vorbeigehe, in der sich Bars, Restaurants, Yoga-Studios und teure Boutiquen aneinanderreihen. Ich gehe an *Cakes for Two* vorbei und öffne die Tür vom *Mystical Java,* wo es nach frisch geröstetem Kaffee und ebenso frischem Gebäck riecht. Das Lokal ist voll mit Leuten, die auf ihren Laptops herumtippen oder am Handy hängen und telefonieren. Die Schlange ist zu lang, als dass ich mich gleich anstellen möchte, aber da ich sowieso zu früh dran bin, entscheide ich mich dafür, auf Ivy zu warten, bevor ich Kaffee bestelle. Ich setze mich an den wie durch ein Wunder freien Tisch am Fenster und trommle mit den Fingern auf den Tisch.

An der Pinnwand entdecke ich einen Flyer. Darunter steht das Wort ARTSTARTS, knallbunte Doodles umgeben das lächelnde Gesicht eines Vorschulkindes. Auf dem Flyer steht: *Aushilfe gesucht für Kin-*

der-Kunststunden. Ich überlege, ob das wohl etwas für mich sein könnte, denn ich bräuchte dringend einen Job. Ich tippe die Nummer in mein Handy, rufe aber noch nicht an. Stattdessen checke ich meine Mails, blicke auf die Uhr und schau mir ein paar Clips an, die meine Freundinnen gepostet haben.

Wenn ich Ivy wäre, würde ich sofort anrufen. Also tu ich es nun doch.

Eine Frau meldet sich: »Ana Stevens, Artstarts.« Im Hintergrund lärmen Kinder.

Meine Hände werden feucht. »Ich rufe wegen des Jobs an.«

»Das ist toll. Bleiben Sie doch bitte mal dran. Ich kann hier drin gar nichts hören.« Vermutlich hat sie ihre Hand über die Sprechmuschel gelegt, denn ihre Stimme klingt gedämpft, als sie zu jemand anders sagt: »Ich geh nur mal schnell einen Moment raus, ja?« Eine Tür knallt zu. Die Hintergrundgeräusche werden leiser. Ana Stevens sagt: »Also, wir führen hier in der Galerie während des Sommers ein Projekt durch, das sehr beliebt ist. Unsere studentische Aushilfe hat mich von einem Tag auf den anderen sitzengelassen und ich, na ja, muss leider gestehen, dass ich verzweifelt nach Unterstützung suche, um die Horde im Griff zu behalten.« Sie lacht.

»Verstehe. Dann sind Sie also direkt in der Galerie?«

»Genau.«

»Ich liebe die Galerie.«

»Okay, dann erzählen Sie mir doch etwas über sich selbst.«

»Ich heiße Callie Carraway. Ähm, ich gehe im September in die elfte Klasse, und Kunst ist eines meiner Lieblingsfächer. Und ich mag kleine Kinder.« Zumindest *glaube* ich das. Obwohl mir, als ich es sage, bewusst wird, dass ich nie irgendwas mit Cosmo mache, aber andererseits ist er auch ein *Baby*. Mit kleinen Kindern ist es viel lustiger, die stellen immer Fragen und so.

Ana Stevens sagt: »Okay, Callie, können wir uns duzen?«

Ich antworte: »Klar!«

Sie fährt fort: »Schön. Also, könntest du morgen vielleicht vorbeikommen? Um zehn Uhr vormittags? Einfach zum Kennenlernen? Ich sage dir dann auch, was wir bezahlen. Wenn es gut läuft, dann könntest du eigentlich sofort anfangen. Um ehrlich zu sein, wir brauchen wirklich jemanden, na ja … eben sofort.«

»Okay, klar, super«, sage ich.

Ich habe das Telefonat mit Ana kaum beendet, da hat Ivy ihren Auftritt im Café. So kann man es jedenfalls bezeichnen. Sie tritt ein, die Tür fällt hinter ihr ins Schloss, und ich schwöre, die Unterhaltungen verstummen für den kurzen Moment, in dem die anderen Gäste sie mustern. Die Männer betrachten sie länger als nötig, die Frauen wirken etwas weniger selbstsicher als zuvor. Ich frage mich, wie es sich anfühlt, einen solchen Effekt in der Welt zu haben – wenn dich die Leute ständig anschauen und mustern, wenn Eifersucht und Begehren um dich herumschwirren wie kleine dunkle Schatten.

Ivy lächelt. Im Kontrast zum knallpinken Lippenstift, der wiederum zu ihren knallpink lackierten Fingernägeln passt, kommen ihre weißen Zähne noch stärker zur Geltung. Ohne auf die anderen Gäste zu achten, ruft sie durch das Café: »Was möchtest du? Ich lade dich ein. Lass uns einen Green Tea Latte trinken. Oder nein, wie wäre es mit einem Berry Burst Smoothie? Das klingt gesund.«

»Ich wollte eigentlich einen Kaffee.«

»Glaub mir … das ist bestimmt viel leckerer und danach fühlst du dich außerdem auch noch besser.«

Der süße Junge an der Theke mit den Dreadlocks, der mich überhaupt nicht beachtet hat, braucht bei der Herausgabe des Wechselgelds an Ivy ziemlich lange.

Ihr Parfüm weht zu mir herüber wie leichter Nebel, als sie sich an meinen Tisch setzt. »Also, wie geht es deiner Großmutter?«

»Keine Ahnung, immer noch gleich.«

»Aber sie wird doch wieder, oder?«, fragt Ivy.

»Ich hoffe es jedenfalls. Es sieht ihr gar nicht ähnlich, den ganzen Tag im Bett zu liegen. Sonst hat sie immer irgendetwas gemacht. Sie hat deine Tasse praktisch schon gespült, bevor du überhaupt deinen Tee ausgetrunken hattest, hat über geplante Reisen geredet und über alle möglichen Ideen. Als sie zum Beispiel mitbekam, wie mein Handy immer summt, wollte sie lernen, wie man sich online Nachrichten schicken kann. Sie war eine Kriegsbraut … hatte alles, was sie kannte, zurückgelassen, um hierherzukommen. Dass sie jetzt im Bett liegt, ist, als ob … als ob ich hier auf dem Tisch tanzen würde.«

»Ich bekomme dich schon noch dazu, auf dem Tisch zu tanzen.« Ivy tippt mit ihrem Mittelfinger auf meinen Handrücken.

Ich sage: »Dein Ring gefällt mir.«

»Diego hat ihn mir geschenkt.«

Sofort hake ich nach. »Wer ist Diego?«

Ihre Augen glänzen. »Ach, Callie. Es gibt so viel, was du noch nicht weißt.«

Ich sage: »Erst mal möchte ich wissen, wie es auf dem Boot lief. Also, wie war es?« Einzelheiten und Besonderheiten, Momente, die jetzt für immer vergangen sind; ich möchte, dass Ivy sie für mich erneut entstehen lässt, damit ich den Wind in ihrem Haar spüren kann. Ob Kurt sie wohl geküsst hat? Wenn man sich diese pinkfarbenen Lippen ansieht – natürlich hat er sie geküsst. Unsere Getränke kommen, kalte Kreationen aus Joghurt und Beeren – eiskalt und zugegebenermaßen sehr gut. Ich schlürfe meinen Drink und ich erinnere mich daran, wie wir einmal einen Nachmittag bei mir in der Küche verbracht und Smoothies gemacht haben. Ivy hatte sich die Rezepte ausgedacht, und wir haben zusammen gemixt, probiert, gekichert und alberne Namen für unsere Drinks erfunden.

Ivy sagt: »Ich wünschte, du wärst dabei gewesen. Xander ist ja echt nett, aber, na ja, zu *dritt*! Das war irgendwie komisch. Ich hatte schon das Gefühl, dass es Kurt lieber gewesen wäre, wir wären nur zu zweit gewesen, aber es ist ja nicht so viel Platz auf einem kleinen Boot. Ooohh, ich habe eine super Idee. Du würdest Xander bestimmt total mögen. Machen wir doch ein Doppel-Date. Heute Abend. Du und ich und die beiden. Mein Gott, Kurt ist genau mein Typ, genau wie Diego.«

»'kay. Aber erzähl erst mal, wer Diego ist.«

»Er war so was wie mein Seelenverwandter. Warte, ich hab ein Foto.« Sie zieht ihr Handy aus ihrem BH und zeigt mir ein verschwommenes Foto von einem Typen, der über seine Schulter in die Kamera schaut.

Seine dunklen Augen funkeln, und er macht ganz einen auf Poser und schiebt die Lippen vor. Er trägt eine Lederjacke, und ich glaube, er sitzt auf einem Motorrad. Ich strecke die Hand nach dem Handy aus, aber Ivy hält es fest. Sie sagt: »Süß, oder? Findest du nicht, dass er genau wie Kurt aussieht?«

»Eigentlich nicht.«

Sie betrachtet das Foto. »Ich finde schon.«

»Also, wie lange wart ihr, du und Diego, denn zusammen?«

Sie steckt ihr Handy weg. »Vergiss Diego. Wir müssen den Augenblick leben. Heute Abend hört sich doch gut an, oder?«

»Ich weiß nicht. Ich kenne mich nicht so aus mit Doppel-Dates.«

»Das wird toll.«

»Wohin gehen wir denn?« Ich weiß nicht, warum ich überhaupt frage. Auf keinen Fall wird Mom mich gehen lassen. Ich dürfte ja nicht einmal jetzt mit Ivy in diesem Café sitzen. Noch während ich das denke, weiß ich mit plötzlicher Heftigkeit, dass ich nicht ausgeschlossen sein will. Ich will Ivy nicht schon wieder verlieren, weil ich ständig *nein* sagen muss. Ich sage: »Aber weißt du was: Sag es mir lieber nicht. So fällt es mir leichter, meine Mutter anzulügen.«

»Warum denn lügen?«

»Egal. Hör mal, ich werde mich rausschleichen. Irgendwie.«

Ivy runzelt die Stirn.

Ich frage: »Hast du für mich was Cooles zum Anziehen?«

Den ganzen Abend über bin ich zu Hause hilfsbereit. Ich spiele mit Cosmo, wechsle sogar seine eklige Windel. Mom und ich reden noch nicht miteinander, aber wir schreien einander auch nicht mehr an. Sie wird sicher denken, dass ich jetzt, wo sie die Regeln festgelegt hat, einfach gehorche. Sie hat nicht einmal gemerkt, dass ich am Nachmittag weg war. Sie ist so mit diesem neuen Buch beschäftigt, dass sie dachte, ich wäre die ganze Zeit in meinem Zimmer gewesen. So wird sie immer gegen Ende eines Projekts. Sie kriegt manches einfach nicht mehr so mit.

Dad hat auch viel zu tun. An der Uni sind zwar schon seit ein paar Wochen Sommerferien, aber er hat irgendeine Konferenz über mündliche Überlieferungen organisiert. Zwei schick gekleidete Frauen und zwei bärtige Männer kommen zu uns ins Haus und sprechen dabei dauernd über den Einfluss von griechischer Epik auf zeitgenössische Poesie. Zusammen brechen sie dann zu der Konferenz auf. Dad kommt gegen zehn zurück, singt leise vor sich hin und stapft die Treppe hinauf in sein Arbeitszimmer unter dem Dach.

Ich liege im Bett und lausche auf die Dielenbretter, die dort oben knarren. Will er denn nicht endlich mal schlafen gehen? Vollständig angezogen liege ich unter der Bettdecke. Noch nie zuvor habe ich mich nachts rausgeschlichen. Ich habe Bücher gelesen, in denen die Protagonisten das tun, aber – komischerweise – habe ich sogar dabei immer Angst gehabt, *sie* könnten erwischt werden, und nie gewagt, es selbst zu tun.

Ich blättere durch die Seiten von *Bonjour Tristesse*, ohne richtig zu lesen. Mit einem Seufzer kehre ich zurück zum Anfang. Das Buch ist so kurz, ich müsste eigentlich schon damit durch sein, aber ich kann mich überhaupt nicht konzentrieren. Sätze springen mich an ... *Ich kannte Langeweile und Bedauern, gelegentlich empfand ich auch Reue, doch Traurigkeit kannte ich nicht ... In jenem Sommer war ich siebzehn und vollkommen glücklich ... groß und beinahe schön, mit gutem Aussehen von der Art, die Vertrauen weckt ...*

Endlich, endlich höre ich Dads schwerfällige Schritte auf der Holztreppe, die vom Dachboden herunterführt. Der Wasserhahn, das Surren seiner elektrischen Zahnbürste, das Rauschen der Toilettenspülung, dann wird die Schlafzimmertür geschlossen.

Cosmo fängt kurz an zu weinen, ist jedoch gleich wieder still.

Ich zwinge mich dazu, noch weitere zwanzig Minuten zu warten. Dann schiebe ich die Bettdecke zurück und reihe ein paar Kissen auf, damit das Bett auf den ersten Blick so aussieht, als läge ich immer noch darin – ja, so sorgfältig bin ich –, dann öffne ich mein Fenster. Ein Baum wartet freundlicherweise dort auf mich, die Äste laden mich ein, fragen mich fast vorwurfsvoll: *Warum hast du das denn bisher noch nie gemacht, Callie?*

Ich klettere hinaus und fange mir an einem harten, vertrockneten Zweig einen Kratzer auf der Hand ein. Unwillkürlich stoße ich einen winzigen Schmerzensschrei aus. Dann warte ich, bis ich sicher bin, dass ich niemanden geweckt habe, und schwinge mich schließlich problemlos in den Baum. Ich drehe mich um und ziehe das Fenster herunter, damit es nur noch einen Spalt breit offen ist, achte jedoch darauf, dass ich es später auch wieder hochschieben kann, dann klettere ich mit klopfendem Herzen die raue Rinde des Baumstamms hinab und komme sanft im Gras auf. Der Garten wirkt nachts irgendwie weicher und doch unheimlich. Als ob Geister hier lauern. Aus Richtung des Mülleimers ist ein lautes Rascheln zu hören, und ich bekomme fast einen Herzschlag. Eine Katze schleicht sich davon. *Beruhige dich, Callie!* Ich drehe mich gar nicht mehr zum Haus um. Ich bin frei.

Ich schreibe Ivy: Bin auf dem Weg.

Sie schreibt zurück: Cool, und schickt mir noch ein Foto von sich mit, auf dem sie ein kurzes Kleid trägt, wie üblich in Weiß, mit kunstvollen Falten um Hals und Taille. Es betont ihre Bräune und das goldglitzernde Make-up.

Ich komme vor Ivys Haustür an. Beim Blick durchs Fenster entdecke ich ihre Mutter im Wohnzimmer vor dem Fernseher. Sie ist dünn und schön, in ihrer hauchdünnen weißen Hemdbluse und Jeans. Sie sieht aus wie Ivy, fällt mir auf. Seit jenem Tag vor drei Jahren habe ich sie nicht mehr gesehen, und auf einmal ist die Erinnerung wieder da, ganz lebendig. Ich bekomme eine Gänsehaut, als ich diese Erinnerung verdränge, die am besten auch vergessen bleibt; sie hat keine Auswirkungen auf die Gegenwart.

Ich klopfe leise. Zuerst passiert nichts, dann öffnet Mrs Foulds die Tür. Ein eigenartiges metallisches Geräusch umgibt sie. Erst in dem Moment, als ihre Augen groß werden, weil sie mich erkennt, merke ich, dass das Geräusch von ihrem Telefon kommt. Sie hebt es ans Ohr und sagt nicht zu mir, sondern zu der Person am anderen Ende »Hallo«, dreht sich um und schlägt mir die Tür vor der Nase zu.

Gedanken steigen in meinem Kopf auf wie Blasen: Blubb, Blubb Blubb. *Sie hat mir gerade die Tür vor der Nase zugeschlagen. Sie riecht nach Alkohol. Sie gibt mir das Gefühl, wieder dreizehn zu sein.*

Die Tür wird erneut geöffnet, und Ivy taucht auf. Sie umarmt mich und sagt: »Hallo, meine Süße. Ich bin ja so froh, dass du da bist. Also, machen wir uns gleich fertig?«

Sie spricht schnell, tritt von einem Fuß auf den anderen und blickt über ihre Schulter – daran merke ich, dass sie nervös ist. Ihre Mutter ist wieder verschwunden.

Ich sage: »Ähm, ist alles okay? Es ist nur …«

Sie wedelt mit der Hand und schneidet mir damit das Wort ab, gleichzeitig zieht sie mich ins Haus. Ein weiterer Gedanke steigt in meinem Kopf auf. *Ivys Mutter hasst mich.* Plötzlich ist mir irgendwie flau im Magen.

Später bewundert Ivy in ihrem Zimmer das Resultat ihrer Bemühungen, mich zurechtzumachen. Sie hat mein schwarzes Haar hochgesteckt, so dass es aussieht, als hätte ich es ganz kurz geschnitten, und mein langer Pony hat sich in winzige Löckchen verwandelt, die verführerisch auf einer Seite meines Gesichts herabhängen. Ivy hat dunkles Pink auf meinen Wangenknochen verteilt, auf meinen Lidern und den Lippen, alles aus dem gleichen Döschen, das sie mir dann schenkt. Sie hat zwei Schichten Mascara aufgetragen, was meine Augen größer macht, als ob mir jemand ein anzügliches Geheimnis erzählt hätte. Ihre lange grüne Seidenbluse und ihre Leggings sitzen bei mir sehr eng, aber es sieht trotzdem gut aus. Wir haben die gleiche Schuhgröße, so dass ich ihre Stiefeletten tragen kann. Sie hat meine Fingernägel in glitzerndem Silber lackiert, was normalerweise überhaupt nicht mein Stil ist – ich meine, mein normaler Nicht-Stil. Ich bewundere das Mädchen, das mir aus dem Spiegel entgegenblickt. Wer bin ich?

Mein Handy summt auf Ivys Bett. Rebecca hat mir geschrieben: Bin wieder zu Hause. Freu mich, dich morgen gaaaanz früh zu sehen!

Ich schreibe zurück: Super xxx Dann stecke ich das Handy in meinen BH, genau wie Ivy. Es ist der einzige Ort, wo man es hinstecken kann.

Ivy greift in ihren Schrank und holt einen silbernen Flakon heraus. »Der gehört Mom. Ich, ähm, hab ihn mir ausgeliehen. Willst du einen Schluck?«

Ich schüttele den Kopf und erhasche wieder einen Blick auf mein Spiegelbild. Meine Wangenknochen scheinen in diesem Licht viel ausgeprägter, als hätte ich gar kein so rundliches Gesicht.

Sie sagt: »Wir gehen aus, wir dürfen ruhig ein wenig Spaß haben.«

»Echt, mir geht's auch so gut.«

Sie schraubt den Deckel auf und setzt die Flasche an. Sie schluckt, verzieht das Gesicht, wischt sich über den Mund und holt zwischen zusammengebissenen Zähnen hindurch Luft. »Keine Sorge. Ich gehe vielleicht wie sie shoppen, aber ich trinke nicht wie sie. Ich trinke nur, wenn ich Spaß haben will – wie heute Abend.« Sie streckt mir die Flasche entgegen, auf der sich eine verschnörkelte Gravur befindet. »Wodka«, sagt Ivy.

»Und was ist mit deiner Mutter …? Ich hatte ja keine Ahnung, echt nicht, als ihr damals hier gewohnt habt.«

»Sie verbirgt es ziemlich geschickt. Übung macht den Meister und so. Hör mal, lass uns doch über etwas anderes reden, okay? Wie wäre es … wie wäre es mit einem Trink-Spiel. Wir könnten Wahrheit spielen. Verstehst du, das ist wie Wahrheit oder Pflicht, aber es gibt keine Pflicht. Frag mich irgendwas. Und bei Ja-Antworten muss man trinken.«

»Ich weiß nicht …«

»Das wird lustig. Schau dich doch nur mal im Spiegel an, du siehst toll aus, und wir hängen zusammen ab, und alles ist genau so, wie es sein sollte, außer, dass du dich ein wenig entspannen musst. Hol tief Luft. Pass auf, du darfst anfangen. Frag mich irgendwas.«

Ich gerate in Versuchung. Es gibt so vieles, was ich wissen möchte.

»Okay, also gut.«

»Dann leg los.«

Ich sage: »Okay. Seit du von hier weg bist … hast du schon mal …? Mit einem Jungen?«

Sie trinkt bereits von der Flasche, während ich noch frage, und lacht so sehr, dass sie Wodka in die Luft sprüht. »Du bist ja so süß und unschuldig. Wir müssen aufpassen, dass du nicht in der großen bösen Welt lebendig aufgefressen wirst. Wenn du von …«, sie senkt ihre Stimme dramatisch, »… Sex sprichst …?«

Ich laufe rot an. »Es war eine blöde Frage. Fang lieber du an.«

»Nein, nein, das ist doch lustig.« Sie nimmt einen tiefen Schluck. »Und ja, hab ich.«

Es herrscht erst einmal Schweigen, dann platze ich lachend heraus: »Ivy, was ist das denn für eine Antwort? Du musst mir schon ein wenig mehr erzählen.«

»Es gibt nur ja oder nein! Du willst Einzelheiten?«

Ich werde knallrot, aber es macht mir trotzdem Spaß.

Sie sagt: »Nun bist erst mal du an der Reihe. Trink gleich jetzt, wenn du willst. Bring es hinter dich.«

Sie reicht mir die Flasche, die überraschend kühl in meiner Hand liegt und schwer. Ich drehe sie von einer Seite zur anderen und versuche, die Gravur zu entziffern, Latein, scheint es. Schnell setze ich die Flasche an meine Lippen und trinke. Ich nehme nicht nur einen Schluck, sondern drei, sie brennen in meinem Bauch, aber dadurch will ich mich nur noch mehr beweisen. Ich bin nicht das dumme kleine Mädchen, für das ich mich selbst gehalten habe; es wird Zeit, erwachsen zu werden.

»Genau, Callie!«, sagt Ivy beifällig. »Jetzt bin ich an der Reihe. Hast du es jemals jemandem erzählt?«

Mein Magen beschwert sich. Ich antworte mit einer Art von Wahrheit: »Nein.«

»Echt?«

»Echt.«

Sie schnappt sich die Flasche. »Also, du wolltest Einzelheiten. Na ja, es hat weh getan, aber nicht so sehr, wie ich dachte. Ich war vierzehn. Mom war wie immer mit irgendeinem Typen zusammen. Er stammte aus einem Kaff namens Plato, und wir wohnten dort bei ihm.

Ja, also … der Sex. Eklig. Moms Kerl, na ja, er hatte einen Sohn namens Riley. Der war zwei Jahre älter als ich, arrogant, mit einem Rattengesicht und einer Baseballkappe. Er hat das Geld noch schneller ausgegeben als sein Dad. Er kaufte mir ein Kleid, und wir gingen nach oben in sein Zimmer. Er küsste nicht schlecht und sagte mir, ich solle das Kleid ausziehen, legte sich aufs Bett und beobachtete mich dabei. Er wollte, dass ich mich vor ihm drehe und tanze, wie so ein Pornostar, und sah mir dabei zu … dann haben wir … du weißt schon. Es hat ungefähr zwei Minuten gedauert.«

Mich fröstelt.

Sie nimmt einen Schluck aus der Flasche und erzählt: »Kerl Nummer zwei war toll. Echt scharf, aber auch witzig. Nummer drei war perfekt, Kerzen, das ganze Drum und Dran. Nummer drei … du hast ja keine Ahnung.« Sie sagt das mit einem eigenartigen Gesichtsausdruck, als ob sie inzwischen erwachsen sei und ich nur ein ahnungsloses Kind. Aber sie macht sich nicht lustig über mich, nein, es ist eher, als sei sie traurig.

Ich sage: »Ich komme mir ja vor wie ein Loser.«

»Hey, es hat echt keine Eile, wirklich. Du solltest warten. Ich hätte warten sollen. Okay, jetzt bist du aufgewärmt.« Sie kichert. »Wen möchtest du am liebsten daten?«

Ich nehme noch ein paar Schluck. Der Alkohol rinnt warm durch meine Kehle. »Ich dachte, wir machen nur Ja- und Nein-Fragen?«

»Du hast selbst die Regeln geändert. Also?«

Ich komme mir blöde vor, wenn ich keine Antwort habe. Also verziehe ich die Stirn, als ob ich überlege. »Ähm, Kurts Freund. Ich meine, ich kenne ihn nicht besonders gut, aber ich habe ihn mit Kurt in der Schule gesehen und wollte schon immer mal mit ihm reden.«

Sie kreischt begeistert auf. »Xander? Ich wusste es. Er ist perfekt. Ein wenig exzentrisch, aber süß und klug. Wie du.«

Ich fühle mich total geschmeichelt. »Danke für das Kompliment.«

Sie sagt: »Gib mir die Flasche. Deine Frage.«

»Hat deine Mom sich je Hilfe geholt?«

Sie schraubt den Verschluss wieder auf die Flasche.

»Komm schon, Ivy. Du hast gesagt, ich könnte alles fragen.«

»Sagen wir einfach, wenn irgendjemand fragt, ist es nie passiert. Okay?« Mit diesen großen Augen sieht sie aus wie ein Hasenbaby, das im Schnee zurückgelassen wurde. Etwas leiser fügt sie hinzu: »Ich mache mir Sorgen, dass sie es wieder tut, weißt du?«

Ich möchte sagen, dass ich es eben nicht weiß, nein, *ich habe keine Ahnung*.

Die Stimmung hat sich verändert, ist melancholisch

geworden. »Tut mir leid«, sage ich. »Ich wollte keine Spielverderberin sein.«

Sie schafft ein Lächeln. »Schon okay. Das Spiel war sowieso albern. Wir sollten los.«

Die Nacht umfängt uns, als wir Arm in Arm über die Straße hinter Ivys Haus zu einer Bar gehen, an der ich eine Million Mal auf meinem Weg von und zur Schule mit Rebecca vorbeigelaufen bin. Wir hatten immer vor, eines Tages zusammen reinzugehen, aber stattdessen bin ich nun mit Ivy hier. Ich schüttele den Gedanken ab. Musik dringt heraus, als wir uns in die kurze Schlange unter dem großen silbernen Schild einreihen, auf dem BEneath steht. Ich bin aus meiner Welt ausgebrochen und erforsche einen völlig neuen Planeten.

Ivy flüstert mir zu: »Wie heißt du?«

»Du hast mich schon vergessen?«, witzele ich, bevor ich merke, dass sie mir gerade etwas reicht. Es ist ein Ausweis mit dem Foto eines dunkelhaarigen Mädchens, das mir überhaupt nicht ähnlich sieht. *Isabel Cabezas.*

Ivy lächelt geheimnisvoll, als hätte sie mir eben den Mond geschenkt. Ein Ausweis! Ich hatte nicht einmal daran *gedacht*. Ich sage: »Ich sehe ihr gar nicht ähnlich.«

»Ich weiß.«

»Wer ist sie? Wieso hast du ihren Ausweis?« Ich studiere ihn. »Isabel Cabezas«, lese ich vor. Geboren in Kansas City. Ich sage ihr Geburtsdatum auf, damit ich mir auch das Jahr richtig merke.

Die Schlange bewegt sich nach vorn, und die älteren Wartenden vor uns lachen und unterhalten sich entspannt. Ich werde niemals in diese Bar kommen, ich bin viel zu jung. Unmöglich.

»Vertrau mir«, sagt Ivy.

Und in diesem Augenblick tu ich das. Ich habe eine lebhafte Erinnerung an einen Moment, als wir dreizehn waren, und Ivy flüsterte: »Vertrau mir.«

Die Schlange bewegt sich langsam weiter, und ich habe nicht einmal mehr Zeit, nervös zu sein, als der gelangweilte Türsteher meinen Ausweis ansieht, mich kurz mustert und leicht nickt. Er scheint überhaupt nicht zu merken, dass das Mädchen auf dem Foto eine völlig andere Person ist. Er winkt mich rein. Ich mache einen Schritt nach vorn, die Musik hüllt mich ein, der Wodka in meinem Blut steigert mein Selbstvertrauen.

Das *BEneath* ist total voll. Es sind jede Menge Leute da, die schon älter sind und eng aneinandergepresst tanzen. Blaue und weiße Lichter flackern über die sich bewegenden Körper. Wir gehen am Rand der Tanzfläche entlang. Die Sitzecken sehen eher nach Betten aus, und die Leute liegen darauf, hören Musik, trinken und beobachten einander.

Kurt und Xander stehen an der Bar. Die Worte sprudeln aus meinem Mund, bevor ich es verhindern kann. »Wow, hier ist es ja toll. Ich war noch nie hier, echt … ich meine, es ist ja nicht einmal zwei Blocks von meinem Haus entfernt, und ich wusste gar nicht, dass es so cool ist.«

»Callie, du musst dich setzen«, sagt Kurt, beugt sich vor und sagt in mein Ohr: »Möchtest du ein Wasser?«

Ivy lächelt und drängt sich vorbei, um etwas zu Kurt zu sagen. Ich kann ihr Parfüm riechen. Ihre Haut ist seidig. Sie fängt meinen Blick auf und deutet mit einem Blick an, dass es eine gute Gelegenheit für mich ist, mit Xander zu reden. Ich nicke und sage: »Xander und ich sollten, ähm, Drinks holen.«

Xander scheint mich zu hören und seine Mundbewegung scheint das Wort *Drinks* zu wiederholen.

Wir entfernen uns von Kurt und Ivy. Die Abwesenheit der beiden ist wie eine kühle Flüssigkeit, die durch mein Kleid sickert. Ein Satz bildet sich unvermittelt in meinem Kopf: *Der Raum, den du nie eingenommen hast, wie vergossenes Wasser.*

Ich blicke mich um. Sie stehen eng zusammengedrängt. Ivy zuckt mit einer Schulter. Mein Gott, wie gerne wäre ich so – so provokant und doch selbstsicher, so sexy. Vielleicht *könnte* ich ja so sein. In der Hitze der mich umgebenden Körper, eingequetscht zwischen den schwitzenden Tanzenden, wird mir klar, dass ich betrunken bin. Mir ist schwindlig, und ich bin total betrunken. Ich mache ein paar Tanzschritte, überlasse es Xander, sich um den Barkeeper zu kümmern, und trete näher zu Ivy, die aufhört mit Kurt zu reden und anfängt zu tanzen.

Ich höre mich selbst lachen. »Das macht solchen Spaß, Ivy!«, rufe ich.

Sie legt ihre Hand an mein Ohr und ruft hinein: »Und wir fangen gerade erst an!«

VIER

31. JULI

Kurt

Xander checkt sein Handy. Blickt zum Krankenhausflur. Starrt auf den Boden. Mrs Foulds sitzt auf dem Sofa. Die Lampe auf dem kleinen Tisch flackert, ein einziges blinzelndes Auge. Mit den alten Sofas und den Zeichentrickfilmen, deren Sprecher im Fernseher vor sich hin plappern, sieht das Wartezimmer aus wie das Wohnzimmer meiner leiblichen Mutter. Ich erinnere mich an die Zeit, als ich nicht größer war als dieser Fernseher. Ich habe Pommes gegessen, die ich in Ketchup getunkt hatte. Der Teppich hatte ein Loch. Ich habe immer meinen Finger hineingesteckt. Mom hat neben mir gelegen, im Halbschlaf und kichernd. So habe ich sie am meisten geliebt. Ich habe ihr schwarzes Haar gestreichelt. Sie hat mich weggeschubst und gemurrt: »Mach mich nicht voll Ketchup.« Dann war da dieses Klopfen an der Tür.

Mein Kopf schmerzt. Ich sitze auf dem anderen Sofa. Sehe mich um. Berühre die Dollarmünze an meinem Hals. Stütze das Kinn in die Hände, die nach oben zeigen, als ob ich bete. Ich bin nicht religiös, gehe nicht in die Kirche oder so, aber tief im Inneren weiß ich, dass da jemand ist. Es muss so sein. Xander steht auf und geht den Flur entlang. Ich bleibe mit Mrs Foulds zurück. Die Geräusche des Krankenhauses sind mein Soundtrack. Ich brauche eine Zigarette. Oder einen Stift. Irgendetwas in den Händen.

Ich kann nicht anders, als mir über die letzten Minuten im Auto Gedanken zu machen und wie es dazu kam, dass sie von der Brücke bretterten. Wussten sie, was auf sie zukommt? Oder war es ein Schock, wie in der Achterbahn, wenn du denkst, dass dir dein Magen gleich durch die Augäpfel springt.

Das Ganze ist krank.

Ein Arzt kommt. Weiße Haare, komische Augen – jedes hat eine andere Farbe. Er sagt: »Mrs Foulds, bitte kommen Sie mit mir.«

Sie nickt und legt eine Hand über ihren Mund.

Er verrät nichts. Das Geräusch ihrer Schuhe hallt im Flur, als sie weggehen.

So ist es, wenn man ganz allein ist.

ZWÖLF TAGE ZUVOR

lucy

An Callies glänzenden Augen kann man sehen, dass sie total betrunken ist. Ich tanze mit ihr auf der Tanzfläche, dann tanze ich rüber zu Kurt, der etwas sagt, was ich nicht verstehen kann. Seine Wange kratzt, sein Mund ist nahe an meinem Ohr, das Geräusch scharf an meinem Trommelfell. Ich tanze supernah an ihn ran, und er bewegt sich mit mir. Meine Brüste drücken gegen ihn, fast zufällig. Typen mögen das; dadurch fühlen sie sich als Beschützer. Mom meint immer, dass Männer so was wie die Retter sein wollen oder so ähnlich. Ich hab eher den Eindruck, dass sie einfach nur flachgelegt werden wollen. Mein Gott, Kurt sieht genauso aus wie Diego. Mit halb geschlossenen Augen könnte ich meinen, wieder in Diegos Armen zu liegen. Jetzt bin ich den Tränen nahe. Wie bescheuert.

Kurt deutet auf Callie, die mit Xander tanzt. Er scheint zu sagen, dass wir rübertanzen sollen. Ich sehe durch meine Wimpern zu ihm hoch. Ein Supertrick von Mom. Meine Zungenspitze zuckt aus meinem Mundwinkel. Diego konnte nicht widerstehen, doch Kurt hat einen abwesenden Gesichtsausdruck, als sei er gar nicht richtig hier. Umso *mehr* begehre ich ihn.

Ich streiche mit meinem Zeigefinger über seine Wange, und er hört auf, so ins Nichts zu starren. Ich gebe ihm das Zeichen, mir zu folgen. Vor den Toiletten gibt es eine Schlange, und ich führe ihn daran vorbei, einen Flur entlang, bis wir einen ruhigeren Raum finden, der voller Sofas und Betten ist, von den Decken hängen Tücher, und es läuft Musik zum Chillen. Ich ziehe ihn herunter, neben mich, so dass wir auf einem riesigen Kissen halb sitzen, halb aneinanderlehnen.

Ich sage: »Normalerweise bin ich nicht so … ähm, direkt.«

Er hebt eine Augenbraue. »Nein?«

»Sehr witzig!« Ich lache und zupfe einen eingebildeten Fussel vom Kissen. »Also, was hat es denn nun mit dem Haus auf sich?«

»Was meinst du?«

»Du hast ein Boot und dann bringst du in einem solchen Haus den Müll raus?«

»Nichts weiter.«

»Spuck es aus.«

Er kratzt sich am Hinterkopf. Ich warte – die Leute mögen kein Schweigen, sie wollen es immer füllen. Er sagt: »Meine leibliche Mutter. Ich besuche sie manchmal und helfe ihr.«

Ich warte darauf, dass er noch etwas sagt, und das tut er auch, mit gesenkter Stimme. »Ich rede nicht gern über sie. Es wissen sowieso alle Bescheid. Edenville ist nicht unbedingt … Na ja, sie ist nicht, also … es ist irgendwie …« Die Ader an seinem Hals pulsiert.

Ich sage: »Ich wollte nicht irgendwo rumstochern …«

»Ich wurde adoptiert, als ich fünf war.«

»Okay.«

»Meine Adoptivmutter hat mich bei ihrer Arbeit in einem Heim kennengelernt und sofort ins Herz geschlossen. Später bekamen sie dann Sam und Adrian. Auf natürlichem Weg. Ich meine, nicht adoptiert. Es ist alles total nett und toll. Dad gehört die örtliche Brauerei – großes Haus. Boot. Die meisten Leute denken, mein Leben ist Friede, Freude, Eierkuchen. Wie bei Callie und ihrer perfekten Familie. Können sich gar nichts anderes vorstellen.«

»Du und sie?« Ich mache eine Pause.

»Nein.« Er kratzt sich wieder am Kopf und checkt sein Handy.

Ich sage: »Manche wissen einfach gar nichts … Leute wie Callie leben in einer Welt und wir in der anderen.«

Er steckt sein Handy wieder weg. »Ja, so ähnlich. Außer, dass ich dort nicht mehr lebe.«

»Das ist die Art von Denken, die ich gut finde«, sage ich. Das riesige Kissen hat uns ziemlich nah aneinander rutschen lassen. Es ist ganz einfach für mich, den Kopf zu heben und Kurt schnell auf den Mund zu küssen. Er lehnt sich überrascht zurück und scheint zu überlegen. Also los. Ich küsse ihn noch einmal. Er küsst gut. Einfühlsam.

Er legt die Hand um meine Taille. Ich lasse sie weiter nach unten rutschen, doch dann ziehe ich mich zuerst zurück. Man muss sie immer noch ein wenig hungrig lassen. Kurt sieht aus, als tauche er aus einer anderen Welt auf. Er hat ein träges, vielsagendes Lächeln.

Wir stehen auf, um zu tanzen. Jetzt näher zusammen, schweißbedeckt, die Hände miteinander verschränkt.

Callie kommt mit zu mir. Sie gehört zu dem Typ, der betrunken lustig wird und kichert. Ich bin eher der launische Typ, und das Hochgefühl der Knutscherei mit Kurt ist vorbei. Sie plappert vor sich hin und erzählt von einer Übernachtungsparty vor drei Jahren, als wir Gesichtscreme mit Haarentferner gemischt haben und ewig darauf warteten, dass die Härchen an unseren Beinen verschwinden, was aber natürlich nie passierte. Sie kriegt sich überhaupt nicht mehr ein, bei dem Gedanken, Haarentfernungscreme auf unser Gesicht zu schmieren.

Ich schiebe sie aufs Bett.

Callie sagt: »Nicht, dass wir jemals Haare im Gesicht gehabt hätten!«

»Stimmt.«

»Ivy?«

»Ja?«

»Kann ich dich noch was fragen?«

»Ich bin echt müde.«

»Wie war es, Kurt zu küssen?«

Ich weiß, dass ich morgen früh alle Einzelheiten mit Callie durchgehen möchte, aber jetzt im Augenblick will ich lieber schlafen, also zucke ich mit den Schultern. »Ganz gut. Callie, lass uns endlich schlafen. Brauchst du ein Wasser?«

Sie umarmt ein Kissen. »Ich bin froh, dass du wieder hier bist.«

Mann, sie ist so niedlich. In meinen Augen stehen Tränen, die brennen wie Moskitostiche. Callie schiebt das Kissen hinter ihren Kopf, legt sich auf den Rücken und schläft sofort ein, schnarcht ganz leise. Sie schläft tief und fest. Ich kuschle mich an sie. Neben ihr zu liegen bringt Erinnerungen zurück. Ich will nicht daran denken, aber die Erinnerungen kommen trotzdem.

Am letzten Tag, den wir vor drei Jahren in Edenville gemeinsam verbracht haben, sind Callie und ich am Fluss spazieren gegangen. Wir entdeckten eine Frau, die unter uns am Ufer stand, die nackten Füße im Schlamm. Sie schwankte dort unten mit ausgebreiteten Armen vor und zurück. Meine verdammte Mutter.

Callie rief: »O mein Gott, Ivy!«

»Halt die Klappe!« Ich wurde ganz still. Klein. Lauschte.

»Was macht sie denn da?«

Ich sagte: »Nein, nein, nein.«

Mom hob die Arme und streckte sie in Richtung Fluss aus. Wir kletterten den Hang hinab. Ich schrie: »Mom, ich bin's!«

Sie drehte sich halb zu uns um, ihr Mund wurde vor Überraschung rund, wie für ein »Oh!«. Ich verlor den Halt, und Callie stürzte sich schreiend durchs Gebüsch. Sie schaffte es, nahe genug an Mom heranzukommen, um die Träger ihres Kleides zu fassen.

Mom zuckte zusammen und fauchte sie an: »Das ist deine Schuld. Meine eigene Tochter ist lieber mit dir zusammen als mit mir.«

Ich schrie: »Nein!«

Mom hörte mich, blickte zu mir und sprang.

»Mom!«, schrie ich und rannte zum Ufer.

Callie packte einen Ast und hielt ihn ihr hin. Dann half ich auch, meine Hände waren kalt und nass.

Mom schlug mit den Armen um sich und schrie: »Ich hasse mein Leben.«

»Bitte, Mommy. Ich hab dich doch am allerliebsten«, rief ich. »Bitte! Nimm den Ast!«

Mom griff schließlich nach dem Ast, und wir zogen sie zurück ans Ufer. Sie ließ sich auf den schlammigen Boden fallen, um die Augen verschmierte Wimperntusche.

»Alles in Ordnung, Mommy. Komm, wir machen dich sauber.« Sie war ein völliges *Wrack*. Ich zog sie hoch auf die Füße. Ich machte das nicht zum ersten Mal, doch so schlimm war es noch nie gewesen.

Mom sagte: »Das ist *deine* Schuld, Ivy.« Sie war so betrunken, dass es an ein Wunder grenzte, dass sie überhaupt noch reden konnte.

Callie zitterte. Sie sagte: »Ich könnte ganz schnell nach Hause laufen und meine Mom holen. Sie weiß, was zu tun ist. Wir brauchen einen Erwachsenen. Jemand, der sich um alles kümmert.«

»Nein! Tu das nicht. Es muss ein Geheimnis bleiben. Versprich mir, dass du es niemandem erzählst. Versprich es!«

Sie sagte lange gar nichts, es kam mir vor wie hundert Jahre. Dann sagte sie: »Ich verspreche es.«

Aber ihr Versprechen reichte Mom nicht. Edenville war damit Geschichte. Bis jetzt.

Jetzt liegt Callie leise schnarchend genau neben mir, warm und nahe. Drei Jahre sind vergangen, und wir sind keine kleinen Mädchen mehr. Die Wodkaflasche, aus der wir an diesem Abend getrunken haben, um dieses bescheuerte Spiel zu spielen, steht auf dem Nachttisch. Für meine Mutter ist das Vergessen die beste Möglichkeit, um mit Abenden wie diesem umzugehen. Ich fahre mit einem Finger entlang der Flasche und sage mir, dass ich die brennende Flüssigkeit nicht trinken werde, sie nicht durch meine Kehle fließen lassen werde. Es ist eine Sache zu trinken, um Spaß zu haben. Aber egal, wie schlecht ich mich fühle, ich werde über die Vergangenheit siegen. Ich lasse die Dunkelheit in mir verblassen. Ich stelle mir vor, wie ich Licht einatme. Konzentrier dich auf das *Hier und Jetzt,* Ivy.

Callie ist hier.

Ich habe Kurt im *BEneath* geküsst.

Neue Stadt.

Neues Leben.

Neues Selbst.

ELF TAGE ZUVOR

Callie

Es ist der Morgen danach, und ich wache auf und fühle mich abscheulich. Mein Kopf schmerzt, mein Mund ist trocken, und mein Rücken bringt mich um. Ich rolle mich auf die Seite und stoße gegen Ivy. Anscheinend habe ich mich im Schlaf komplett gedreht, so dass wir beide jetzt Kopf an Füßen in Ivys riesigem Bett liegen. Ich habe mich in die Betttücher verheddert, und mein Gesicht ist viel zu nahe an ihren Füßen, deren Zehennägel knallpink lackiert sind. Mir fallen all diese Nächte ein, in denen wir zusammen übernachtet und bis spät in die Nacht noch geflüstert haben. Ich fröstele und setze mich auf, wünsche mir jedoch sofort, ich wäre liegen geblieben. Das Zimmer dreht sich, und ich erinnere mich, dass ich ins Bett gefallen bin – ähnlich wie ein Seestern durch den Ozean purzelt, falls sie das überhaupt tun. Selbst meine Gedanken sind durcheinander, als wäre ich immer noch betrunken.

Ich war gestern Abend total *betrunken*. Nun versuche ich, die einzelnen Teile wieder zusammenzusetzen. Der falsche Ausweis, Kurt und Xander, wie ich mit Ivy getanzt und dann darauf bestanden habe, noch weitere Drinks zu kaufen, Wodka, sogar dafür bezahlt habe, dann zwei fürchterliche Shots nacheinander getrunken habe. Dann waren da Kurt und Ivy. Sie haben miteinander getanzt, Kurt hat sie angesehen. Dann hat Ivy wieder mit mir getanzt, sich an mich gedrückt und das gemacht, was ich bei anderen Mädchen schon gesehen habe, wenn sie auf der Tanzfläche auf Tuchfühlung gehen, betont sexy, um die Männer anzuheizen. Ich habe immer gedacht, das sei nuttig, aber es hat Spaß gemacht.

An viel mehr erinnere ich mich nicht. Nur, dass Ivy gesagt hat, sie bringt mich nach Hause. Dieses Bett, dieses bequeme Bett.

Ich schaue auf mein Handy. Wow. Es ist noch nicht einmal sechs. Ich sollte nach Hause, aber mir ist wirklich nicht danach. Selbst wenn Cosmo sie weckt, geht Mom nie so zeitig in mein Zimmer. Sie wird nie erfahren, dass ich weg war.

Ivy schläft, während ich in ihrem riesigen, direkt an ihrem Zimmer angeschlossenen Badezimmer dusche; sie schläft, während ich meine Jeans und den schwarzen Sweater anziehe und das verführerische grüne Longshirt über die Rückenlehne eines Stuhls hänge; sie schläft, während ich mein Gesicht abschrubbe und meine Zähne putze, versuche, den Geschmack und den Geruch der vergangenen Nacht zu entfernen. Ivy schläft immer noch, als ich aus dem Haus schlüpfe. Ich laufe hinunter zum Fluss und ignoriere meine pochenden Kopfschmerzen und dass mir immer noch schwindlig ist, während um mich herum der Morgen dämmert.

Gegen halb sieben schreibe ich meiner Mutter: Bin spazieren, zeitig aufgewacht. Herrlicher Tag. Es ist komisch zu denken, dass sie nie erfahren wird, dass ich mich gestern Abend aus dem Haus geschlichen habe.

Mein Handy klingelt sofort. Sie ist es. »Alles in Ordnung mit dir, Callie? Ich habe dich gar nicht gehen gehört.«

Seit unserem Streit wechselt sie zwischen überbesorgt und distanziert. Im Augenblick ist sie eindeutig überbesorgt.

»Du brauchst mich nicht zu kontrollieren. Ich gehe nur frühstücken.«

An der Art, wie sie ausatmet, merke ich, dass sie sauer ist. Nach einer kurzen Pause sagt sie: »Wie wäre es, wenn ich mitkomme?«

Ich habe einen viel zu schlimmen Kater und bin müde, aber natürlich kann ich ihr das nicht sagen. Zum Glück fängt Cosmo an zu schreien, und sie sagt: »Tut mir leid, Liebes, ehrlich gesagt, kann ich heute früh gar nicht. Nächstes Mal, okay?«

Mein Kopf pocht. »Okay, tschüs.«

Ich schreibe Ivy, dass ich spazieren bin. Sie antwortet nicht, wahrscheinlich schläft sie noch. Es kommt mir vor, als hätten wir die Plätze getauscht – wenn ich an diesen ersten Tag kürzlich zurückdenke, als sie joggen gehen und ich im Bett bleiben wollte. Ich bin in einer total komischen Stimmung, nervös, unbeholfen und mit grässlichen Kopfschmerzen. Ich weiß, es wäre vernünftig, nach Hause und wieder ins Bett zu gehen, aber wenn ich mir vorstelle, wie Mom mich nervt, weil ich den ganzen Tag schlafe, kommt das nicht in Frage.

Da fällt mir ein, dass heute Montag ist. Der Tag, an dem ich mein Vorstellungsgespräch in der Galerie habe.

Mein Handy klingelt wieder. »Wo bist du denn?«

»Rebecca?«

»Wir hatten was vor, Cal.«

»Ach ja?«

»Halloo? Was ist denn mit dir los? Ich war nur eine Woche weg, aber du hast schon unser Wiedersehen vergessen?«

Jetzt fällt es mir wieder ein. Rebecca und ich haben ein unglaublich frühzeitiges Wiedersehensfrühstück verabredet, weil sie heute um acht anfängt zu arbeiten. »Entschuldige. Ich, ähm, war gestern Abend noch weg. Aber ich kann in zehn Minuten da sein?«

»Wo warst du denn?«

»Im … *BEneath*.«

»Was? Ohne mich? Callie!«

»Ich weiß. Ach, und ich war betrunken und …«

»Okay, kann ich bitte jetzt meine Freundin wieder zurückhaben? Wer auch immer das ist, gib sofort Callie das Handy zurück.« Sie versucht, einen Witz daraus zu machen, aber ihre Stimme ist angespannt.

»Du bist sauer auf mich.«

»Nein. Mir wem warst du denn dort?«

»Mit Ivy.«

»Was? Ivy ist zurück?«

»Ähm, ja.«

Es herrscht Schweigen. Wir denken es beide. Sie sagt: »Willst du das wirklich noch einmal machen?«

»So ist es nicht.«

»Wie ist es denn dann?«

»Du warst weg.«

»O mein Gott, Callie! Vergiss das Frühstück.«

»Ich bin gleich da.«

»Mach dir keine Mühe.«

»Sei nicht sauer. Ich kann es erklären.«

»Was denn? Ich will es gar nicht hören. Ruf mich an, wenn du deine Mädchen-Schwärmerei überwunden hast.«

Ich sage: »Das ist es nicht.«

»Nein?«

»Jetzt komm doch mal auf den Teppich, Rebecca. Ich bin einfach nur mit einer alten Freundin in eine Bar gegangen. Du übertreibst.«

»Tu ich das?« Sie macht eine Pause. »Vielleicht. Es ist nur … ich dachte … ich dachte, wir beide würden zusammen das erste Mal ins *BEneath* gehen. Ist das so schlimm?«

»Nein …« Jetzt bin ich mit dem Rückzieher an der Reihe. »Ich muss mich entschuldigen, und mir tut es echt leid. Wirklich. Ich habe einfach nicht nachgedacht.«

Sie holt hörbar tief Luft. »Genau das ist es, was mir Sorgen macht. Du hast nicht einmal nachgedacht.«

»Kann ich einfach vorbeikommen?«

»Ehrlich gesagt, hab ich jetzt keine Lust mehr. Und ich muss sowieso bald zur Arbeit.«

»Aber wie war deine Reise? Was ist mit deinem Vater?«

»Ich ruf dich später an, okay? Ich bin nicht sauer.«

»Bist du doch.«

»Okay. Aber ich krieg mich schon wieder ein. Ich melde mich später.«

Ich seufze. Vielleicht sollte ich einfach zum Vorstellungsgespräch gehen. Meine Kleidung ist okay – normal und sauber. Ich mustere mein Gesicht in meinem

Handy-Spiegel und trage etwas von dem Make-up auf, das Ivy mir gegeben hat, um nicht so müde auszusehen. Während des Telefonats hatte ich mich auf den Weg zu Rebecca gemacht, doch nun ändere ich die Richtung. Ich überquere die Brücke, vorbei an der Baustelle, wo sie ein kaputtes Stück der Leitplanken ausbessern. Ich laufe am alten Hotel mit seinen hübschen Blumengärten und dem kitschigen Springbrunnen vorbei, bei dem Wasser aus Fischmäulern spritzt. An der Kunstgalerie angekommen, ziehe ich meinen Sweater aus und schaue auf die Uhr. Es ist viel zu früh, als dass die Galerie schon geöffnet wäre. O Mann, mein Hirn ist der totale Matsch. Ich gehe in das neue Frühstückscafé gleich nebenan und bestelle mir Eier mit Speck, Bratkartoffeln und Toast. Während ich esse und einen schlechten Kaffee trinke, merke ich, wie ich langsam wieder zum Leben erwache, zumindest ein bisschen.

Als es schließlich zehn Uhr ist, bin ich bereit. Ich gehe in die Galerie und frage nach Ana. Man sagt mir, sie baue etwas im Kinder-Atelier auf. Das stellt sich als ein kleiner Raum im hinteren Bereich heraus, mit drei runden Tischen und jeder Menge kleinen Stühlen.

Eine Frau mit dunklen Haaren zieht lächelnd den Kopf aus einem Materialschrank. »Callie? Du bist wegen des Jobs hier?«

Im ersten Moment überfällt mich Panik. Wie absurd, in meinem Zustand zu einem Vorstellungsgespräch zu gehen, aber ich war den ganzen Morgen viel zu benommen, um mir das klarzumachen. »Hallo, ja, das bin ich.«

»Mach es dir bequem.«

Ich setze mich auf einen Stuhl, und Ana lächelt mich freundlich an. Sie hat Krähenfüße um die Augen, weshalb ich schätze, dass sie schon über vierzig sein könnte, aber ihre Stimme ist erstaunlich jugendlich. Sie sagt: »Also, du magst Kunst?«

»Ja, und kreatives Schreiben.«

Während unseres Gesprächs faltet sie Papierstapel in unterschiedlichen Farben. »Und du kannst gut mit Kindern umgehen? Ich brauche jemanden, der beim Aufräumen anpackt, der hilft, wenn eines der Kinder Probleme hat, die Stellung hält, all so was. Du wärst aber nie allein mit den Kindern, keine Sorge.«

»Das wäre für mich in Ordnung. Klingt gut.« An einer Wand hängt ein Bildschirm, der jetzt zu Leben erwacht und bunte Farben in verrückten Formen zeigt, und dazu werden Sätze eingeblendet, wie: *»Surrealismus ist lediglich die Reflexion des Todesprozesses. Henry Miller.«*

Ana sagt: »Hast du noch irgendwelche Fragen?«

Ich schüttele den Kopf.

Sie sagt: »Wir bieten hier völlig unterschiedliche Projekte an. Manchmal haben wir nur ein paar Kinder, manchmal gleich zwanzig. In einer halben Stunde findet wieder eine Veranstaltung statt. Möchtest du einen Probelauf machen? Wir zahlen Mindestlohn.«

»Ich soll sofort anfangen? Musst du nicht erst meinen Lebenslauf oder meine Empfehlungen sehen?« Selbst wenn ich Gefahr laufe, am Tisch einzuschlafen – diese Gelegenheit will ich mir auf keinen Fall entgehen lassen.

»Das sehe ich mir alles später an. Wenn der heutige Tag gut verläuft.« Sie lächelt wieder.

»Sicher. Warum nicht.«

»Wunderbar. Perfekt ... ich kann *wirklich* Hilfe gebrauchen.« Sie eilt zum Schrank und zieht einen Stapel blaues Papier heraus. »Ich darf Blau nicht vergessen! Wir machen heute unsere eigenen Bücher«, erklärt sie. »Nur mit unseren Händen und Füßen ...«

»Hört sich interessant an. Kann ich nur kurz meiner Mutter Bescheid sagen, dass ich hierbleibe?«

Ana nickt.

Ich rufe Mom an und sage: »Ich habe einen Job.«

»Was soll das heißen?«

»Na ja, zumindest erst mal ein Probearbeiten.« Ich kann das Lächeln in meiner Stimme selbst hören.

»Ich wusste, dass du es schaffst ... erzähl!«

»Es ist in der Galerie.«

»Das ist ja wunderbar! Du hast nie erwähnt, dass du dort eine Bewerbung abgegeben hast. Was hast du denn für Aufgaben?«

»Das erzähle ich dir später. Ich muss jetzt Schluss machen. Ich soll sofort zur Probe arbeiten.«

»Dein erster Job. Das sind ja tolle Neuigkeiten. Das müssen wir feiern.«

»Ich habe ihn noch nicht sicher.«

»Was zahlen sie dir?«

»Mom, ich muss jetzt los.«

Sobald ich das Telefonat beendet habe, vergeht die Zeit wie im Fluge. Eltern kommen mit ihren Kindern, und schließlich sitzen ungefähr fünfzehn Kinder da und sehen bewundernd zu Ana. Wir nähen die Seiten zusammen, und ich gehe durch die Reihen, um zu schauen, wer Hilfe braucht. Jedes Kind macht ein Buch mit dem Titel *Das Buch von …*, gefolgt vom jeweiligen Namen. Sie umfahren mit dem Stift ihre eigenen Hände und malen etwas, die Älteren schreiben dann noch etwas über sich selbst dazu und nummerieren die Seiten. Meine Kopfschmerzen lassen langsam nach. Ich setze mich zu einem kleinen Mädchen mit schwarzen Locken und helfe ihr. Unwillkürlich stelle ich mir Cosmo als Vorschulkind vor, und verspüre einen leichten Stich im Herzen. Vielleicht hat

Mom ja recht; ich könnte mich wirklich mehr mit ihm beschäftigen, und wenn er älter ist, macht es vielleicht sogar Spaß, etwas gemeinsam zu unternehmen.

Die Veranstaltung ist beinahe zu Ende, als zwei Jungen aufkreischen und hinüber zu Kurt rennen, der gerade angekommen ist. Er hebt sie hoch und lässt sie an sich herabbaumeln, als wären sie kleine Äffchen, sagt Hallo und gibt jedem ein Küsschen auf die Wangen. Er nickt mir zu, kommt mit ihnen auf den Armen zu mir und erklärt: »Meine kleinen Brüder, Sam und Adrian. Ich bringe sie hierher, wenn ich zur Arbeit gehe, und später holt Dad sie wieder ab.«

Mit ihren roten Haaren, den kleinen Stupsnasen und den Sommersprossen sehen sie ihm gar nicht ähnlich. Ich sage: »Die beiden haben richtig gute Bücher gemacht.« Sie zappeln in seinen Armen, bis sie sich auf den Boden fallen lassen können, und freuen sich über mein Lob. Ein Mann kommt dazu, nickt Kurt zu, und die Jungen laufen mit ihm davon.

Kurt sagt: »Also arbeitest du jetzt hier?«

Ana sagt: »Ja. Tut sie … wenn alles so klappt, wie ich es mir vorstelle. Callie, schick mir doch später eine Mail mit all deinen Unterlagen.«

Ich lächle und sage zu Kurt: »Dann ist das wohl so. Dass ich hier arbeite, meine ich, seit, ähm, ungefähr drei Stunden.«

»Cool.« Er senkt die Stimme. »Du bist wahrscheinlich … na ja … ein wenig … angeschlagen, oder?«

Angeschlagen? O wie peinlich. Er hat mich gestern Abend erlebt, betrunken und total bescheuert. Außer, dass er mich kaum wahrgenommen hat, weil er die ganze Zeit Ivy angeschaut hat. »Ich tu das normalerweise nicht. Ich meine …«, stottere ich, »ich trinke sonst nicht, ähm, eigentlich nie.«

»Keine große Sache«, sagt er.

Aber sich zu betrinken, ist für mich sehr wohl eine große Sache. Ich weiß, in Kurts Welt trinken alle Alkohol und gehen auf Partys, aber das bin nicht *ich*. Plötzlich fällt mir ein, dass ich gestern Abend gesehen habe, wie Kurt Ivy geküsst hat, die beiden standen engumschlungen mitten auf der Tanzfläche, und manche haben darüber schon Bemerkungen gemacht oder gechattet. Alle sprechen bereits von Ivy, dabei hatte sie noch nicht einmal ihren ersten Tag an unserer Schule.

Kurt holt mich aus meinen Gedanken. »Hast du einen Moment für einen Kaffee, wenn ich fertig bin? In ungefähr einer Stunde. Gleich nebenan ist ein Café. Ich … na ja … ich wollte mit dir über etwas reden.«

»Ähm … klar«, sage ich.

Nachdem ich mit Ana und den Kids fertig bin und darauf geachtet habe, das Kinder-Atelier makellos zurückzulassen, schlendere ich durch die Galerie, und weil ich für die Verabredung mit Kurt ein wenig zu früh dran bin, nehme ich mir die Zeit, mich in der Ausstellung der Surrealisten umzusehen. Die Gemälde sind eigenartig und beunruhigend, ungefähr so irritierend wie wohl große rote Ballons auf einer Beerdigung wirken würden. Ich bestaune das Gemälde eines Felsblocks, der in ein Hotelzimmer gepresst wurde, und ein anderes von einem Koffer mit dem Schatten einer Hand, der darauf ruht. Vor dem nächsten Bild bleibe ich länger stehen. Anfänglich scheint es mir, als sei es völlig schwarz, bis ich in der unteren Bildecke eine Frau in Weiß entdecke, die da zusammengekauert liegt. Sie erinnert mich an Ivys Mom. Die ganze Wucht der Schwärze lastet auf ihr. Ich kaue an einem Stück eingerissener Nagelhaut meines Daumens.

Da zucke ich zusammen, denn unvermittelt sagt Kurt hinter mir: »Dieses Bild gefällt mir am besten.«

»Ja. Das verstehe ich.«

»Es ist düster, aber irgendwie cool.«

»Meinst du, ich könnte etwas über die Ausstellung schreiben? Für unsere Zeitung?«, frage ich.

»Gute Idee. Wusstest du, dass die Surrealisten so ein Spiel hatten, das *Cadavre Exquis* hieß? Ein Künstler begann mit dem Bild, er malte den Kopf. Der nächste malte den Körper, und jemand anders beendete es, indem er die Beine und Füße malte. Alles auf dem gleichen Papier.«

»Und warum heißt es *Cadavre Exquis*?«

»Das kommt von dem ursprünglichen ersten Satz, der aus diesem Spiel entstanden ist: *Der köstliche Leichnam wird den neuen Wein trinken*. Man kann das nämlich auch mit Worten spielen. Einer fängt an und faltet dann das Papier, die zweite Person schreibt etwas und faltet es wieder. Bis jemand das Ende schreibt. Keiner weiß, was die anderen geschrieben haben, bis sie es auseinanderfalten und vorlesen.«

»Das klingt, ähm … surreal.«

»Genau. Sieh dir mal die an.« Er deutet auf einen Glaskasten an der Wand. Darin befinden sich acht Zeichnungen von solchen merkwürdigen Mischungen aus Köpfen und Körpern, mehreren Beinen, Punkten und Wirbeln. Kurt stößt mit der Spitze seines Turnschuhs gegen den Boden. »Also, ähm, wegen gestern Abend …«, sagt er. »Habt ihr, du und Xander … euch denn gut unterhalten können?«

»Xander ist nett.«

Er studiert wieder die Zeichnungen. Ein leichtes Stirnrunzeln zeigt sich auf seinem Gesicht. In der Krageöffnung seines schwarzen Hemds sieht man eine

Lederkordel mit einem Silberdollar daran. Ich sage: »Mit gefällt die Halskette. Ich meine … ich weiß, Jungs nennen es nicht Halskette, aber …«

Er lächelt. »Ja. Danke.«

»Echt schön. Also, du wolltest reden. Geht es um den Artikel über den Vorstand? Du hast mir die Änderungsvorschläge noch nicht geschickt.«

»Nein, es ist eigentlich gar nichts.«

»Dann ist es wegen Ivy, oder?«

»Ich bin … ach egal.« Er checkt sein Handy. »Ich muss los.«

»Ist alles okay?«

»Es ist nichts weiter«, sagt er und lässt mich einfach dort stehen.

Beim Abendessen zu Hause ist Mom von Cosmo abgelenkt, der »zahnt«, was bedeutet, er schreit wie am Spieß. Sie versucht, mich über den Job auszufragen, aber ich bekomme nicht groß Gelegenheit zu antworten. Ivy schreibt mir, ob ich nicht rüberkommen will. Ich gehe raus und ignoriere Moms Proteste, sage ihr nur, dass ich noch ein Stück spazieren gehen will. Zu meinem Erstaunen kauft sie es mir ab, ihr Radar *muss* eigentlich aktiviert sein, aber entweder denkt sie, dass ich sie nicht anlügen würde oder dass ich ein bisschen Freiraum brauche.

Ich gehe schnurstracks zu Ivy, aufgekratzt von der Tatsache, dass Mom nicht weiß, wo ich bin. Ivys Mom ist mit Kevin aus, also ist das Haus ruhig und still um uns herum, wie eine Federdecke. Die Stille ist für mich tröstlich. Bei mir zu Hause ist es immer viel zu laut. Entweder weint Cosmo oder es ist eine ganze Schar seiner Babyfreunde zu Besuch. Sie blockieren das Wohnzimmer, hüpfen entweder in ihrem Jolly Jumper auf und ab oder klappern mit lauten Spielsachen herum. Alle möglichen Mütter kommen mit ihren Kindern vorbei, andere Leute wollen, dass meine Mutter ihnen Bücher signiert oder sich bei irgendeinem Wohltätigkeitsevent beteiligt. Alles ist perfekt, ja wirklich: Sie ist eine erfolgreiche Kinderbuchautorin und Illustratorin, und jetzt hat sie ein Baby. Das einzige Problem bin ich – eine sechzehnjährige Tochter, die nicht richtig ins Bild passt.

Ivy reißt mich aus meiner Grübelei, ich soll Musik anmachen. Als ich ihr Handy durchscrolle, merke ich, dass ich keine der Bands kenne. Sie klingen alle fremd und exotisch. Neugierig geworden, wähle ich irgendetwas aus. Ein Akkordeon beginnt zu spielen, unterstützt von schwerem Schlagzeug und irgendeinem anderen Instrument, das ich nicht identifizieren kann. Ich stelle das Handy aufs Dock, da summt jemand und sagt dann lakonisch: »Sie lassen dich nur im Stich.« Die Stimme wechselt ins Französische. Es ist eine merkwürdige Musik, nichts, was ich mit Ivy in Verbindung bringen würde. Sie liegt in einem weißen T-Shirt und pfirsichfarbenen Jeans auf ihrem Sofa und blättert in einer Zeitschrift. Ihre nackten Füße sind an den Knöcheln überkreuzt.

Die Band spielt noch einen Moment weiter, und Ivy sagt: »Das bin ich.« Ich muss verblüfft aussehen, denn sie fährt fort: »Die Sängerin. Ich bin die Sängerin.«

Ich schließe die Augen und lausche der Musik. Diese Sängerin kann *wirklich* singen, aber Ivy ist die schlechteste Sängerin auf der ganzen Welt.

»Unmöglich, Ivy. Du bist total unmusikalisch.«

Sie lacht. »Stimmt.«

»Du bist es nicht?«

»Komm, setz dich.« Sie wendet den Blick nicht von der Zeitschrift.

Ich lasse mich aufs Sofa fallen, und sie legt ihre Füße in meinen Schoß.

»Also bist du nicht die Sängerin?«

»Erwischt. Ich wollte nur, dass du denkst …« Sie wirft mir einen kurzen Blick zu, »dass ich cool bin, oder so.«

»Aber das denke ich doch sowieso!«

»Entschuldige. Das war albern von mir. Ich sollte nicht so tun, als wäre ich jemand, der ich nicht bin.

Hey, was hältst du davon, wenn erst du mich massierst und dann ich dich.« Sie wackelt mit den Zehen.

»Eine Fußmassage?«

»Wieso nicht? Meine Füße sind sauber.«

Ihre Zehennägel sind in fünf verschiedenen Pink-Tönen lackiert. Ich nehme einen Fuß in meine Hand und drücke meine Daumen ins Fleisch.

Sie sagt: »Das fühlt sich gut an«, und streckt sich aus wie eine Katze. »Sorry, dass ich so komisch bin. Mom trinkt schon wieder zu viel. Normalerweise, wenn wir umziehen, bekommen wir eine, na ja, sagen wir … Schonzeit. Eine gewisse Pause.«

»Das ist ja furchtbar.« Ich klinge naiv, aber ich weiß nicht, was ich sonst sagen soll.

Ivy lässt ihren Kopf zurück auf die Sofalehne fallen und spricht in Richtung Decke, während ich massiere. »Kevin hat wirklich nicht die leiseste Ahnung, wie viel Mom trinkt. Er meint, mit ihr kann man Spaß haben … für ihn ist sie eine Art Jungbrunnen oder so. Und Dad ist zu beschäftigt damit, ein todschicker Investmentbanker zu sein, um auch nur einen verdammten …«

»Hast du mit ihm Kontakt?«

Sie hebt den Kopf. »Er schickt mir Geld. Nach seiner Meinung gleicht das alles aus. Er hat wieder geheiratet, eine Zweiundzwanzigjährige, also braucht er mich wohl nicht mehr. Echt eklig. Und so typisch für ihn.« Sie wird vom Klingeln ihres Handys unterbrochen und checkt das Display. »Ooh, es ist Kurt.«

Sie zieht ihre Füße weg und springt auf. Ihre Stimme ist plötzlich heiser, als sie rangeht, und sie verlässt das Zimmer und schließt die Tür. Ich checke mein eigenes Handy, während ich warte, und sehe mir ein paar Fotos an, die Tilly von ihrer Familie im Ferienhaus gepostet hat.

Als Ivy zurückkommt, sagt sie: »Wir fahren morgen mit dem Boot raus. Du kommst mit.«

Als ob Mom wüsste, was Ivy gerade gesagt hat, ruft sie an. Ich sage zu Ivy: »Warte mal kurz.«

Mom sagt: »Hey Callie, mein Liebes. Wo bist du? Wir könnten uns treffen und noch ein Stück zusammen laufen. Cosmo schläft. Dein Dad ist hier. Ich habe schon meinen Mantel angezogen.«

Es versetzt mir einen Stich, wenn ich daran denke, wie es früher war, wenn Mom und ich etwas zusammen unternommen haben. Gleich danach werde ich plötzlich nervös und habe Angst, dass sie vielleicht errät, wo ich bin. Soweit ich weiß, ist es mir immer noch *verboten*, Ivy zu sehen.

»Ach, weißt du, Mom, ich komme eben schon die Straße herunter. Wir sehen uns gleich zu Hause.« Ich beende das Gespräch und sage zu Ivy: »Tut mir leid. Ich muss los. Mom braucht meine Hilfe bei Cosmo.«

Die Lügen kommen mir immer leichter und leichter über die Lippen. »Ich rufe dich wegen der Bootsfahrt an. Ich glaube aber, ich sollte lieber nicht mitkommen.«

Ivy steht auf, um mich zum Abschied zu umarmen. »Du musst mitkommen.«

»Okay. Dann komme ich eben mit.«

Mom wartet auf dem Sofa auf mich, als ich nach Hause komme. »Soll ich dir etwas Kaltes zu trinken machen? Limonade aus echten Zitronen?«

Sie hält mich immer noch für ein kleines Mädchen. Sie begreift es einfach nicht.

»Nein, danke. Wie geht es Granny?«

»Unverändert. Ehrlich gesagt, glaube ich nicht, dass der Sturz diese Verwirrung hervorgerufen hat. Ich glaube eher, sie ist gestürzt, weil sie einen kleinen Schlaganfall hatte, oder etwas in der Art. Morgen rufe ich den Arzt an.«

»Einen kleinen Schlaganfall?«

»Wir werden sehen. Ich sage nicht, dass es so ist. Versuch bitte, dir keine Sorgen zu machen. Bist du sicher, dass du keine Limonade möchtest?«

»Ich bin ziemlich müde, Mom. Du weißt ja, dass ich zeitig aufgestanden bin.« *Ich bin schon seit ungefähr hunderttausend Stunden wach.*

»Ich wollte eigentlich noch etwas über deine Arbeit hören. Über dich. In letzter Zeit habe ich nicht viel von dir gesehen.«

»Ja.« Auf keinen Fall wird sie mich morgen mit aufs Boot lassen, also lüge ich. »Ich muss morgen auch den ganzen Tag arbeiten.«

»In der Galerie? Was hältst du davon, wenn Cosmo und ich vorbeikommen und dich dort besuchen?«

»Ähm, nein.« Ich werde panisch. »Nein, ich meine, klar, im Prinzip ja, aber nicht sofort. Gib mir bitte ein paar Tage Zeit, bis ich mich eingewöhnt habe, ja?«

Sie nickt. »Natürlich.« Sie sitzt immer noch auf dem Sofa, aber jetzt ist sie an den Rand gerutscht, die Hände auf den Knien. »Wegen Ivy … es ist mein Ernst. Ich möchte nicht, dass du sie triffst.«

Ich muss mich zwingen, ruhig zu bleiben. »Ja, ich weiß. Tu ich nicht.«

»Du würdest mich doch nicht anlügen?«

»Mom, was soll das jetzt? Nein, ich würde nicht lügen. Kann ich jetzt bitte ins Bett gehen? Ich muss morgen arbeiten, und ich bin müde.«

Sie mustert mich, dann nickt sie wieder. »Okay, Liebes. Schlaf gut.«

Auf dem Weg nach oben koche ich innerlich. Mom muss endlich mal einen Gang runterschalten.

FÜNF

31. JULI

Kurt

Xander kehrt mit einer Plastiktasse Kaffee in jeder Hand zurück. Als er sieht, dass Mrs Foulds fort ist, stellt er eine Tasse auf den Tisch neben mir. Er nimmt einen Schluck aus der, die für Ivys Mom gedacht war. Wahrscheinlich denkt er, sie kommt nicht sobald wieder zurück. Sein Handy piept – und piept noch einmal.

Stell es ab.

Er checkt das Display und stellt dann auf Lautlos. Die Stille ist noch schlimmer.

Als wolle er sich selbst beruhigen, meint er: »Sie werden es uns schon sagen, sobald sie etwas wissen.«

Ich sage: »Der Arzt ist mit Mrs Foulds weggegangen. Ich konnte ihn nicht einmal irgendwas fragen. Mann, einen solchen Scheiß überlebt niemand.«

Ich bin nicht einmal sicher, ob er mich gehört hat, bis er sagt: »Immer mit der Ruhe.«

Ich fummle an der Fernbedienung, aber sie funktioniert nicht. Im Fernseher läuft immer der gleiche Kanal. Xander geht im Flur auf und ab. Sein Gesicht ist ausdruckslos. Er könnte genauso gut auf irgendeiner verdammten Wanderung sein. Mein Kopf hämmert wie vom schlimmsten Kater.

Ich reibe mir über die Nasenspitze. Das ist eine Geste, die ich von meinem Dad übernommen habe. Nicht von meinem leiblichen Vater. Der starb, als ich sechs Monate alt war an Krebs. Das war wohl auch der Zeitpunkt, als meine leibliche Mutter zu trinken anfing. Diese Geste ist jedenfalls von meinem Adoptivvater. Manchmal, wenn ich in diese riesige Küche komme, meine Brüder auf dem Boden spielen und Mom sich mit einem Teller frisch gebratenem Speck, Eiern und Vollkorntoast zu mir dreht, dann spalte ich mich in zwei Personen auf. Die Person, die ich war, bevor sie mich adoptierten, und die Person, die ich jetzt bin. Es hat Jahre gedauert, bis ich keine Angst mehr hatte, dass meine Adoptiveltern mich wieder zu meiner leiblichen Mutter zurückschicken würden. Damals träumte ich oft von überfluteten Häusern und von Rissen, die unvermittelt in den Wänden auftauchten. Ich habe einmal versucht, das Xander zu erklären. Er hat mir ruhig und gelassen zugehört. Aber ich bin mir nicht sicher, ob er es wirklich verstanden hat.

Wenn ich meine leibliche Mutter besuche, bin ich wieder ein kleines Kind. Und gleichzeitig bin ich doch ich. Bin in der Lage, mich selbst zu schützen. Ivy hat das erkannt. Irgendwie hat sie es verstanden.

Ich denke an das, was sie mir auf dem Boot erzählt hat. Sie hat etwas Verletzliches, was mich weich werden lässt. Sie saß im Heck, das Wasser hinter ihr wie ein blaues Tuch. Erzählte mir, sie wolle neu anfangen, sagte, Callie sei ihr »Fels«.

Ich sagte: »Callie ist wie Xander – sich selbst genug. Mehr, als ihr klar ist. Sie scheinen gut zusammenzupassen.«

Ivy sagte: »Du wirst mir helfen, neu anzufangen.«

»Du brauchst meine Hilfe nicht.«

Sie lachte. »Ich brauche niemanden.«

Auf jeden Fall verstand sie sich astrein aufs Flirten.

Verdammt! Ich habe gerade die Vergangenheitsform benutzt. Aber sie kann nicht tot sein. Nicht Ivy.

ZEHN TAGE ZUVOR

Ivy

Ich kratze an der Farbe, die vom Rahmen meines Schlafzimmerfensters abblättert. Dieses Zimmer hat Kevin nicht renovieren lassen, auch wenn das Zimmer, das er mit Mom teilt, brandneu ist. In der anderen Hand halte ich das Handy und sage leise: »Es ist eine ganze Weile her, Diego.«

Er sagt: »Ich dachte mir schon, dass du anrufst.«

»Dann vermisst du mich.« Jungs muss man es einfach nur manchmal sagen – es ist nicht so, als wären Gefühle ihre Stärke.

Er sagt nichts.

Ich schnippe ein abgeblättertes Farbstück auf den Boden und zertrete es mit meinen bloßen Zehen. »Es nervt hier ohne dich«, sage ich. »Ich verzeihe dir, weißt du.«

»Verdammt, Ivy …«

»Ich muss Schluss machen.« Ich drücke auf Beenden, noch bevor er antworten kann. Man muss sie immer, immer in einem Zustand lassen, in dem sie mehr wollen, so dass man selbst stets die Kontrolle behält.

Ich beginne mit meinen morgendlichen Übungen, halte mich an die 60/60/60 – Vorgaben, die mein Online-CrossFit-Programm mir gesetzt hat. Sechzig Liegestützstrecksprünge. Sechzig Ausfallschritte. Sechzig Sit-ups. Danach höre ich mir ein Podcast an, wie man sein Leben am besten lebt. Die Sprecherin ist eine Frau um die dreißig, gutaussehend und witzig, die alles voll unter Kontrolle hat, genau so jemand, wie ich eines Tages sein werde.

Mom ist unten und macht Waffeln. »Hey, Süße«, sagt sie. Sie hat sich eine rosa Schürze umgebunden. Das Haar trägt sie offen. Einen Augenblick lang lasse ich mich auf das Ganze ein und sage lieb und nett: »Hey, Mommy.«

Sie öffnet das Waffeleisen und löffelt eine Teigmischung hinein. Es zischt. »Findest du es nicht auch einfach toll hier, Ivy?«

Ich zucke mit einer Schulter.

»Kevin möchte heute mit uns beiden irgendwohin essen gehen, wo es elegant ist.« Ihr dunkelroter Lippenstift umrahmt ihren lächelnden Mund. Wenn sie es darauf anlegt, ist sie total stylisch, wie ein Foto aus einer Zeitschrift. Das habe ich von ihr geerbt. Nicht, dass ich jetzt angebe oder so. Ich habe einfach ein Gespür für Kleidung, Haar und Make-up. Wahrscheinlich könnte ich damit sogar mein Geld verdienen. Tja, irgendwann muss man ja mal mit Planungen anfangen – anfangen, eine Zukunft zu planen.

»Blaubeeren?«, fragt sie.

»Gern.«

»Was machst du heute?« Sie bleibt über das Waffeleisen gebeugt.

»Wir wollen auf Kurts Boot.«

»Kurt?«

»Nur so ein Typ. Er ist süß.« Ich drehe eine Haarsträhne um meinen Zeigefinger. »Alles okay mit dir?«

»Warum sollte denn irgendwas nicht okay sein?«, fragt sie und macht auf Strahlefrau.

»Ich meine ja nur, du weißt schon ... der Umzug, Kevin.«

»Kevin ist ein wunderbarer Mann.«

»Wenn du das sagst.«

»Verdirb das nicht, Ivy.«

Ich schlucke. Angestrengt. Meine Kehle schmerzt. Ich denke an den Podcast. *Wenn die Welt versucht, dich unterzukriegen, dann halte deinen Kopf einfach höher. Erfülle dich selbst mit Licht.*

Sie öffnet das Waffeleisen und lässt die Waffel auf meinen Teller gleiten. Sie riecht süß und nach Butter. »Mein Gott, kannst du nicht einfach mal nur dankbar sein?«

»Bin ich doch, Mom. Entschuldige.«

»Das solltest du auch. Schließlich bekommt nicht jedes Mädchen von seiner Mutter Waffeln zum Frühstück gemacht. Ich hatte das jedenfalls nie. Meine Mutter war viel zu sehr damit beschäftigt, in der Welt herumzureisen und Filmschauspielerin zu sein, als dass sie mir hätte Waffeln backen können. Keine Zeit für ein Kind, o nein, es hieß einfach: Pack deine Sachen und komm mit … aber ich habe mir immer Zeit für dich genommen.«

All das habe ich schon oft gehört, und dann die Art und Weise, wie sie es ohne eine Spur von Ironie sagt, also … *merkt* sie denn gar nichts? Ich versuche, ihr Gezeter wieder in ungefährlichere Bahnen zu lenken. »Die Waffeln sehen superlecker aus.«

»Das sind sie auch.«

Wir haben es geschafft. Licht erfüllt mich. Und jetzt bekomme ich obendrein auch noch eine Waffel zum Frühstück.

Kevin kommt herein. »Hallo, meine Mädels. Super duper! Gemeinsames Frühstück?« Er ist der einzige Mensch, den ich kenne, von dem man sagen kann, er *grinst*. Mit seinem Morgenmantel aus rotem Samt und dem Bierbauch ist er einfach zu eklig, um weiter darüber nachzudenken. Er sagt: »Wir schließen die Reihen!«

Mom lächelt breit. »Genau wie es sein soll. Stimmt's, Ivy?«

Ich nicke. »Unbedingt.« *Glückliche Familien sind aus glücklichen Individuen gemacht.* »Unbedingt«, wiederhole ich.

Callie

Rebecca steht vor meiner Haustür. »Überraschung«, sagt sie. »Ich dachte, ich komme einfach mal vorbei.«

Ich umarme sie und sage: »Du bist nicht mehr sauer?« Sie hat eine blaue Strähne im Haar. Ich füge hinzu: »Ähm, du hast dir beim Campen die Haare gefärbt?«

»Gestern, nach der Arbeit.«

»Tut mir leid, dass ich nicht zurückgerufen habe.«

»Schon okay. Ich hätte sowieso nicht mit dir reden wollen.« Rebecca ist drahtig und muskulös. Sie ist im Leichtathletikteam, Cross-Country-Skiteam und im Schwimmteam. Außerdem ist sie insgesamt eine so sportliche Frischluftfanatikerin, wie man nur sein kann.

»Also, bist du nun mit der Natur total auf Tuchfühlung gegangen?«, frage ich, während sie mir ins Haus folgt. »Hast du ein Zelt aufgestellt? Bist mit Bären gewandert? Und hast obendrein tolle Fotos ins Internet gestellt?«

Sie lacht und schwingt sich auf unsere Küchentheke. »Hallo, Mom Nummer zwei«, sagt sie zu meiner Mutter.

»Hallo Süße. Hattest du eine schöne Zeit mit deinem Vater?«

»Es ist immer schön, wenn Melissa nicht dabei ist.« Wenn meine Mom nicht in der Nähe ist, benutzt Rebecca für Melissa auch schon mal den Ausdruck »Schlampenschabracke«.

Mom balanciert Cosmo auf der Hüfte, und Rebecca gurrt: »Hallo mein Kleiner. Du bist ja groß geworden.«

Er strahlt sie an.

»Er liebt mich!«, sagt sie.

»'kay, genug von Cosmo.« Ich ziehe sie von der Küchentheke. »Wir gehen raus.«

»Ach ja?«

Ich nicke und nehme meine Tasche. »Ja.«

Als wir draußen sind, sage ich es ihr. »Sei nicht sauer.«

»Wieso?«

»Du wirst es nicht glauben.«

»Was ist denn?« Sie klingt ironisch. »Du machst es ja spannend.«

»Jetzt im Ernst. Ich fahre heute mit Kurt und Xander im Boot raus.«

»Nein! Wie kommt das denn?«

»Sie haben mich gefragt. Okay, das stimmt so nicht ganz. Kurt hat Ivy gefragt.« Ich blickte zu Rebecca, um zu sehen, ob Ivys Name in der Unterhaltung klargeht.

»Ivy?«, wiederholt sie und verzieht das Gesicht.

»Rebecca, wir sind doch keine Kinder mehr.«

»Was soll das denn nun heißen?« Ihre Wangen laufen rot an.

»Becs, es geht jetzt nicht um Ivy. Es geht um mich. Ist es nicht toll? Ich unternehme echt mal etwas richtig Cooles in diesem Sommer.«

»Mit mir was zu unternehmen, fällt wohl nicht unter cool?«

»So meine ich das doch nicht.«

»Und wann willst du auf dieses Boot?«

»Ähm, na ja, jetzt.«

»Jetzt gleich?«

»Ja. Aber gegenüber Mom werde ich so tun, als ob ich mit dir was unternehme und danach arbeiten gehe.«

»Oh, okay.« Ich merke, dass sie sich bemüht, nicht zu heulen. Harte Schale – butterweicher Kern.

»Ich konnte doch nicht wissen, dass du vorbeikommst«, sage ich.

Wir sind ein Stück von meinem Haus weggelaufen und stehen inzwischen vor Ivys Haus. Ivy kommt heraus.

Rebecca hebt eine Hand zu einem gezwungenen Winken und zieht eine Grimasse. »Hi, Ivy.«

Ivy stößt einen Quietscher aus und stürmt auf Rebecca zu, um sie zu umarmen. »Wahnsinn! Toll, dich zu sehen. Mir gefällt dein Haar.«

Rebecca macht sich los. Sie sagt: »Sicher. Hör mal, Callie, ich geh dann mal.«

»Becs, bitte nicht. Komm doch mit.«

Ivy meldet sich ebenfalls zu Wort und versucht, die angespannte Atmosphäre aufzulockern. »Ja, komm doch mit. Kurt hat bestimmt nichts dagegen.«

Ich wünschte, Rebecca würde einfach nachgeben und locker werden, aber sie schaut mich aus zusammengekniffenen Augen an. »Würde ich gern, aber ich hab noch einiges zu erledigen. Wir sehen uns später.«

Ivy fasst meine Hand. »Dann bis bald, Becs. Wir müssen los, Callie.«

Rebecca schaut auf Ivys Hand, die meine hält.

»Ich ruf dich später an«, sage ich.

Kurt fährt im Auto seines Vaters vor. Es ist keine Zeit mehr für Schuldgefühle wegen Rebecca, denn Ivy zieht mich schon mit sich.

Xander und ich stehen im Bug des Bootes und unterhalten uns. Mit ihm zu reden ist ganz einfach, und er fragt mich über mein Leben und meine Familie aus. Ich antworte, verblüfft, dass ich überhaupt hier bin, auf diesem Boot, frei und ungebunden auf dem Wasser, den weiten Himmel über mir. Die Sonne wärmt mein Gesicht. Ich habe die letzten Chips aufgegessen und stecke die leere Tüte weg.

»Komm mit«, sagt Xander, »Ich zeig dir, wie man dieses Ding steuert.« Er erklärt mir, wie man das Boot richtig lenkt, was ganz einfach ist, und bald stehe ich am Steuerrad und halte das Boot in einer langen geraden Linie. Ich kann verstehen, welche Anziehung das Wasser ausübt, wenn das Boot sich beim Vorwärtsgleiten anfühlt, als gehöre es ganz demjenigen am Steuer. Mir fällt ein, wie mein Dad mir als Kind immer vorgelesen hat und ich zum ersten Mal die Erzählung von den außergewöhnlichen Abenteuern zur See von Odysseus gehört hatte.

Ich habe mich immer mit Penelope identifiziert, derjenigen, die zu Hause geblieben ist und auf die Rückkehr des Schiffes gewartet hat, doch nun fühle ich mich wie Odysseus selbst. Ich denke daran, wie er sich an den Mast seines Schiffes hat binden lassen, damit er den Sirenen widerstehen konnte, den weiblichen Fabelwesen, die durch ihren betörenden Gesang die

Seeleute an die Klippen und damit in den Tod lockten. Xander sagt: »Nicht schlecht auf so einem Boot, oder?«

»Es hört sich vielleicht verrückt an, aber ich habe mir gerade vorgestellt, eine große Seereisende zu sein und auf der nächsten Insel wären Götter und Ungeheuer. Ich fand *Die Odyssee* immer toll. Mein Dad hat mir daraus vorgelesen, als ich noch klein war. Nicht wirklich kindgerecht, und ich habe auch nie alles verstanden. Aber ich habe es trotzdem total geliebt.«

Kurt reckt seinen Kopf seitlich um die Ecke. »Erstklassiges Wasser heute. Vielleicht können wir später noch 'ne Runde schwimmen.«

»Rufen dich die Sirenen?« Mehr sage ich nicht, denn ich bin unsicher, ob er weiß, worauf ich mich beziehe. Meine Güte, ich bin ja so ein Nerd.

»Genau«, sagt er, »bindet mich an den Mast.« Also hat er meine Anspielung verstanden. Er sagt: »Was? Denkst du vielleicht, Chefredakteure lesen nicht?«

»Nein, ich hab nur …«

Er lacht. »Ich wollte schon immer nach Griechenland. Mein leiblicher Vater war Grieche. Wenn er nicht gestorben wäre, keine Ahnung. Griechenland scheint ein ziemlich cooles Land zu sein. Wer weiß, vielleicht wären wir nach meiner Geburt dorthin gezogen. Das hab ich manchmal schon geglaubt. Wie Kinder es eben tun.« Er schiebt die Daumen in die

Taschen seiner Jeans. »Eigentlich wollte ich nur sagen, ich habe auch Homer gelesen. Vieles ist mir im Kopf hängengeblieben. Also, sieht so aus, als hättest du das Boot gut im Griff. Hat Xander dir beigebracht, wie man steuert?«

»Es ist nicht so schwer, wie ein Auto zu fahren. Weißt du, dass ich in meiner zweiten Fahrstunde das Fahrschulauto gegen einen Hydranten gesetzt habe?«

»Ich habe Gerüchte gehört«, antwortet er. »Aber ich wusste nicht, dass du das warst.«

»Ich bin die weltschlechteste Fahrerin.«

Xander lacht. »Das hättest du mir vorher sagen sollen, Käpt'n!«

Kurt springt herunter, so dass er mit mir auf der gleichen Ebene steht. Ich blicke zum Horizont. Xander holt ein Bier aus einer Kühltasche und lehnt sich gegen die Reling, die Sonne im Gesicht. Er schließt die Augen.

Ivy kommt herunter zu Kurt und verschränkt ihre Finger mit seinen. Ein winziges Pochen macht sich in meiner Brust bemerkbar. Mir fallen diese Krankenhausmaschinen ein, die anzeigen, wenn das Herz aufhört zu schlagen und dann urplötzlich doch wieder zu Leben erwacht.

Ohne seine Augen zu öffnen, sagt Xander: »Hat jemand Hunger?«

»Auf jeden Fall«, sagt Ivy. »Was haben wir?« Sie legt ihren Kopf gegen Kurts Brust.

Ich beobachte sein Gesicht, als er sein Kinn auf ihren Kopf legt und kurz über ihr Haar streicht.

»Alles Mögliche«, sagt Xander. »Brot, Schinken, Käse, Bier.«

Ivy macht einen Schritt, so dass sie jetzt neben Xander steht, und lächelt mich an. »Wir bereiten alles vor«, sagt sie und holt eine Tüte aus der Kühltasche.

Ich werfe Kurt noch einen Blick zu. Unsere Blicke begegnen sich. Verlegen. Ich sage zu Ivy: »Gehen wir doch unter Deck. Dort können wir alles besser herrichten.«

Das Boot bleibt ruhig und perfekt auf Kurs, während wir hinunter in die winzige Kombüse gehen. Ivy riecht nach Zucker und Vanille. Sie reicht mir das Brot, und ich lege die Scheiben auf einer kleinen Anrichte nebeneinander. Das Boot schlingert einen kurzen Moment, und sie schwankt und wird gegen mich gedrückt.

»Tut mir leid«, sage ich.

Sie lacht und sagt dann: »Kurt ist nett, oder?«

»Ich denke schon.«

»Du hast nie, du weißt schon, auf diese Weise an ihn gedacht?«

»Ich weiß nicht. Er war nie interessiert.« Ich presse

meine Lippen aufeinander und versuche, nicht zu laut zu seufzen.

Sie sagt leise: »Was ist?«

»Bei dir sieht immer alles so einfach aus.«

»Was sieht einfach aus?«

»Na alles ... das mit den Jungs, das Leben allgemein.«

Sie drückt Majo aufs Brot. Ich lege Käse und ein paar Schinkenstücke darauf.

»Jungs sind wie Hunde.«

Ich muss lachen. »Damit habe ich jetzt nicht gerechnet.«

Sie drückt meine Hand. »Lass uns was essen, dann erzähle ich dir, wie du mit Männern umgehen musst.«

An diesem Abend steht Dad in meiner Zimmertür. »Calliope«, sagt er. Er ist der Einzige, der mich immer noch mit meinem vollständigen Namen anspricht.

Ich bin gerade dabei, Ivy eine Nachricht zu schicken, und werfe ihm einen irritierten Blick zu.

Seine Lippen bewegen sich, als überlege er noch, was er sagen soll, dann stößt er hervor: »Ich habe gehört, Ivy ist wieder zurück.«

»Hat Mom dich damit beauftragt?«

»Ich weiß, es ist nicht leicht. Ich erinnere mich, wie es in deinem Alter war. Da scheint es, als seien die

Dinge früher vielleicht ein wenig … ein wenig einfacher gewesen.«

»Dad, mir geht es gut. Wirklich. Ich bin nicht … was immer du denkst. Es ist alles okay.« Ich stecke mein Handy weg und gehe hinüber, um ihm einen Kuss auf die Wange zu geben. Er riecht frisch geduscht.

Plötzlich klingelt mein Handy.

Er fährt mir durchs Haar und sagt: »Egal. Du kannst ruhig rangehen.« Er wirft mir noch einen schwer zu deutenden Blick zu, dann geht er.

Ich kehre zu meinem Bett zurück und lass mich darauf fallen, *ein Fisch auf dem Trockenen,* und nehme das Gespräch an. Es ist Ivy. Ihre Stimme klingt übersprudelnd und fröhlich. »Kurt hat uns zu einer Party morgen bei sich eingeladen«, sagt sie. »Sag deinen Eltern, du übernachtest bei mir.«

Der Satz spult sich wieder in meinem Kopf ab: *Ein Fisch auf dem Trockenen.* Ich ignoriere ihn.

»Hört sich gut an«, sage ich. Vielleicht kann ich meinen Eltern sagen, ich gehe mit Rebecca weg. Bei dem Gedanken an Rebecca wird mein Mund trocken. Ich müsste sie anrufen.

»Was ziehst du an?«, fragt Ivy.

»Keine Ahnung. Irgendwelche Vorschläge? Ich wünschte, ich könnte jetzt gleich zu dir kommen und deinen Kleiderschrank durchsehen.«

»Komm doch!«

»Ich kann nicht.« Ich war schon den ganzen Tag weg. Ich drehe mich auf den Bauch. »Ich muss gleich morgen früh meine Granny besuchen. Anscheinend geht es ihr nicht gut. Und am Nachmittag arbeite ich.«

»Kann ich mitkommen?«

»In die Galerie?«

»Nein, deine Großmutter besuchen.«

»Wieso? Ich meine, weshalb denn?«

»Einfach, um *nett* zu sein. Haben kranke Leute denn nicht gern Besuch? Genau wie alte Leute? Alte kranke Leute … Außerdem interessiert mich irgendwie diese Geschichte von der davongelaufenen Kriegsbraut.«

»Ich denke schon. Sie redet jedenfalls total gern darüber. Also gut, klar. Gegen zehn?«

»Okay.« Sie sagt: »Und jetzt wegen Kurts Party … ich werde etwas Kurzes tragen. Kurz und sexy.«

»Und weiß, stimmt's?«

»Stimmt.« Sie lacht. Heiser.

»Ich muss mir noch überlegen, wie ich Mom dazu bringe, mich gehen zu lassen.« Ein Gefühl der Waghalsigkeit durchfährt mich.

»Wieso, was ist denn?«, fragt Ivy.

»Ich weiß auch nicht. Nichts eigentlich. Das geht schon klar.«

»Okay. Also dann bis morgen. Freu mich schon.«

SECHS

31. JULI

Kurt

Ich werfe einen Blick auf den schwarzen Kaffee, kann aber keinen Schluck trinken. Bin wie gelähmt. Ich mag das an mir gar nicht, wünschte, ich könnte entschiedener sein, aber wenn es hart auf hart kommt, schalte ich einfach ab. Eben wie gelähmt.

Das war für mich als kleines Kind die einzige Möglichkeit, mich zu schützen. Als meine Mutter die Welt um mich herum zum Einsturz brachte. Es ist unmöglich, den meisten Leuten – Leuten wie Callie oder Xander – zu erklären, dass das Leben manchmal so schlimm sein kann, dass du damit nur umgehen kannst, indem du so tust, als geschähe all das gar nicht. Oder dann das Gegenteil. Das Leben kann so gut sein, all die Möglichkeiten der Zukunft so phantastisch, dass du nur eine Chance hast zu verhindern, selbst alles zu ruinieren: nämlich einen Schritt zurückzutreten. Lass die Gelegenheit einfach verstreichen.

Ich denke über Callie nach. Bei einer Redaktionssitzung erklärte sie mir einmal, sie wolle über ihre Großmutter schreiben, eine Art literarisches Porträt von ihr machen. Ich sagte: »Ich weiß nicht. Es ist doch eine Schülerzeitung, verstehst du?«

»Ja. Aber sie war auch einmal eine Schülerin. Sie hat sich verliebt, als sie selbst noch auf der Highschool war. Dann ist sie hierher gezogen, an einen Ort, der für sie damals praktisch das Ende der Welt war, um ihren Soldaten in Edenville, in der tiefsten Provinz, wiederzusehen. Bei ihrer Hochzeit trug sie ein Kleid, das aus einem Fallschirm genäht worden war. Willst du mir sagen, dass das für die Schüler hier nicht interessant ist?«

»Beruhig dich, Callie.«

»Ich muss mich nicht beruhigen. Du musst aber vielleicht daran erinnert werden, dass sich nicht die ganze Welt um Football und Mädchen dreht.«

»Darum dreht sich also mein Leben?«, witzelte ich. »Football und Mädchen?«

»Nein, so habe ich es nicht gemeint.«

»Ach nein?«

Sie schob ihren Stift hinters Ohr. »Na ja, vielleicht doch.«

Ich musste lachen und hob meine Hände zum Zeichen der Kapitulation. »Schon in Ordnung, mein Leben *dreht* sich ja auch hauptsächlich um Football und Mädchen. Schreib du ruhig deinen Artikel.«

Sie nickte und lächelte. »Gut.«

Xander sitzt mir gegenüber im Wartezimmer des Krankenhauses. Er wiederholt das, was er schon vor ein paar Minuten gesagt hat: »Immer mit der Ruhe.« Mir wird bewusst, dass er gar nicht mit mir spricht, sondern das mehr zu sich selbst sagt. In den Krankenhausserien im Fernsehen passiert immer alles total schnell. Alles ist lebenswichtig. Leben und Drama pulsieren. Hier im echten Leben bewegt sich erst einmal gar nichts. Es riecht nach Reinigungsmitteln. Das gelbliche Licht ist gespenstisch. Im Flur hallt der Schrei eines Patienten aus einem weiter entfernten Raum, dazwischen umgibt mich nur das weiche Tappen der Schwesternschuhe, das Klingeln eines Telefons, das Geplärre des Fernsehers.

Eine Sendung über Auto-Wettrennen läuft. Eine Sendung, die mir normalerweise absolut gefallen würde. Ein Rennauto dreht sich dreimal. Knallt gegen die Seitenbegrenzung. Explodiert in einem Feuerball. Ein Mann klettert aus dem Wrack, rußgeschwärzt und schreiend. Ich sitze da und sehe mir den Crash an. Es ist total krank, aber ich bin wie versteinert.

Und dann höre ich ein ersticktes Geräusch. Xander weint. Er schlägt die Hände vors Gesicht. Schluchzer schütteln seine Schultern.

Ich sehe weg. Hilflos.

NEUN TAGE ZUVOR

Ivy

»Da sind wir«, sagt Callie und sperrt mit ihrem Schlüssel die Wohnung ihrer Großmutter auf.

»Alles okay mit dir?«, flüstere ich.

»Klar. Irgendwie jedenfalls.«

Ich drücke ihren Arm. Ihre Granny sitzt in einem großen Sessel mit Blumenmuster und schaut in die Luft. Als sie uns sieht, greift sie nach der Teekanne. »Hallo, ihr beiden. Ihr seid hier. Wie nett. Callie, Schätzchen. Und du bist …«

Callie sagt: »Das ist Ivy.«

»Ivy. Wie könnte ich das vergessen.«

Callie sagt: »Lass mich das doch machen, Granny.«

Ihre Großmutter weigert sich und gießt selbst den Tee ein. Sie gibt Milch hinzu und reicht mir eine Tasse.

Der Tee ist kalt. Krass. Es ist alles ziemlich krass – alte Leute sind eigentlich nicht wirklich mein Ding, aber in dem Podcast, den ich mir gestern angehört habe, hieß es, *die beste Möglichkeit, sich zu einer reiferen Persönlichkeit zu entwickeln, ist, aus seiner eigenen Komfortzone herauszutreten*. Ich bin im Moment so was von herausgetreten.

Ich sage: »Mir gefällt Ihre Wohnung. So viele Rosen. Das ist mega hübsch.« Ich spreche von der Tapete. Tja, also alte Leute. Ich habe mit ihnen nicht besonders viel Erfahrung, aber es handelt sich dabei schließlich nicht um Quantenphysik.

Callies Granny sagt: »Ich erinnere mich so gern an meinen Rosengarten von damals. Magst du Rosen?«

»Klar.«

Callies Granny will ihre Tasse auf dem Tisch abstellen, setzt sie aber zu nahe an den Rand. Die Tasse fällt herunter und zerbricht. Der Tee spritzt überallhin. »O nein«, ruft sie aus. »Ich weiß wirklich nicht, was mit mir heute los ist.«

Callies Augen werden feucht, und sie ist total gelähmt. Auch wenn ich es nicht möchte, stelle ich mir vor, was Callie normalerweise tun würde. Also springe ich auf, um einen Putzlappen aus der Küche zu holen. Ich wische auf, dann suche ich einen Besen und kehre schnell die Scherben auf.

»Du bist ein liebes Mädchen, Ivy.« Sie scheint wieder wegzunicken. Dann sagt sie auf einmal: »Aber wie geht es deiner armen Mutter, meine Liebe? So schlimm für dich.«

Das darf ja wohl nicht wahr sein!

Callie sagt: »Granny!«

»Ja, Liebes?«

Callie blickt zu mir und entschuldigt sich mit Blicken. *Klar, vielen Dank auch, Callie!*

Ihre Granny wechselt das Thema. »In meiner Jugend in England hatte ich eine Freundin, die dir sehr ähnlich war, Ivy. Sie war wunderbar.«

Das Licht sickert langsam aus mir heraus. Callie hat geschworen, dass sie es niemandem erzählt hat – also wer weiß es sonst noch?

»Meine damalige Freundin ist gestorben, als wir noch ganz jung waren. Es war so traurig. Ich dachte, ich würde niemals ... Sie und ich, wir wollten eigentlich zusammen hierherkommen. Sie hatte sich in einen Soldaten verliebt, genau wie ich. Ach, wir hatten alles, wofür sich das Leben lohnte. Aber genug jetzt von traurigen Zeiten. Was habt ihr beiden denn in den Sommerferien noch so vor?«

Callie senkt den Blick.

Ich sage: »Ach, das Übliche.«

Die Unterhaltung springt weiter von einem Thema

zum nächsten. Einmal meint sie, eine Katze über den Boden huschen zu sehen. Und sie fragt mich noch mindestens dreimal nach meiner Mutter. Jedes Mal spüre ich, wie das Licht weiter aus mir raussickert, in mir drin schwächer wird. Jedes Mal wirft Callie mir einen entschuldigenden Blick zu und versucht, das Thema zu wechseln.

Endlich, endlich ist es Zeit, sich zu verabschieden.

Als wir aus der Tür sind, sprudelt Callie heraus: »Ich habe es ihr nicht erzählt. Jedenfalls nicht alles. Ich habe es heruntergespielt. Ich war ja noch ein Kind. Sie hätte auch jetzt niemals irgendetwas gesagt, wenn sie nicht so … angeschlagen wäre. Mom denkt, dass sie wahrscheinlich einen kleinen Schlaganfall hatte. Meine Großmutter ist einfach nicht sie selbst.«

»Du schwörst, dass du es niemandem sonst erzählt hast?«

»Ich schwöre.«

Ich kann verzeihen. Ich kann loslassen. *An seiner Wut festzuhalten ist, wie einen brennenden Ast festzuhalten.* Mein eigenes Ich wird das Einzige sein, was durch diese Wut kaputtgeht. Ich kämpfe mit mir, aber ich schaffe es zu sagen: »Nicht so schlimm.«

»Wirklich?«

»Wirklich.« Okay, es ist noch nicht ganz mein Ernst, aber es wird mein Ernst sein, wenn ich erst die Wut habe versickern lassen. Ich stelle mir Badewasser vor, das alle dunklen Gefühle wegwäscht, die meinen Körper einhüllen. Ich kann Callie vertrauen, sage ich mir. Ja, ich kann ihr vertrauen.

Sie meint: »Du wirkst aber, keine Ahnung, trotzdem irgendwie sauer.«

»Können wir ein andermal darüber reden? Ich habe noch jede Menge zu tun, um mich für Kurts Party heute Abend fertig zu machen.«

»Ivy, es tut mir wirklich leid.«

»Wir reden später. Versprochen.«

Mein Haar ist offen. Ich trage ein enges weißes Kleid. Und mein Körper ist total in Form. All die Sit-ups der letzten Zeit haben sich gelohnt. Als ich aus der Tür gehe, sage ich es mir noch einmal vor: *Ich bin ein wunderbarer Mensch.* Xander hupt – wir wollen zu Kurts Haus irgendwo außerhalb der Stadt fahren. Ich winke ihm zu, und er stammelt ein Hallo, während er mich abcheckt. Ja, ja. Er versucht so sehr, ein netter Junge zu sein, aber ich weiß, was er denkt. Ein anderer Typ, schlaksig und mit schlechten Zähnen, sitzt auf dem Beifahrersitz. Er stellt sich als Greg vor und versucht gar nicht, sein Glotzen zu verbergen.

Ich schwinge mich auf den Rücksitz, zünde mir eine Zigarette an und schreibe Callie. Sie kommt aus dem

Haus und läuft die Straße herunter. Als sie in Xanders Auto steigt, schaut sie noch einmal über ihre Schulter.

Ich sage: »Superhübsch. Mir gefällt der Gold-Glitter auf deinen Wangen.«

»Alles okay wegen heute Morgen?«

Ich lege einen Arm um Callies Schultern. Sie riecht nach Babyseife. Ich reiche ihr meine Zigarette. Ja, ich weiß, eigentlich will ich aufhören, aber jetzt ist nicht der richtige Zeitpunkt. Callie raucht nicht, aber sie nimmt die Zigarette trotzdem. Sie zieht zu heftig daran, und das treibt ihr die Tränen in die Augen. Ich nehme ihre Hand, und sie verschränkt ihre Finger mit meinen. Sie sieht mich jetzt nicht an, sondern blickt aus ihrem Fenster. Ihre Hand ist warm, ein bisschen feucht. Wir sind wieder Freundinnen.

Xander dreht die Musik leiser und erzählt etwas, wovon er gelesen hat – von einem sechzehnjährigen Mädchen, das die Welt verändern will – sie kämpft für Frauenrechte und war für den Friedensnobelpreis nominiert, hat ihn aber nicht gewonnen.

Callie sagt so leise, dass sie es auf den Vordersitzen nicht hören können, zu mir: »Mir kommt es unmöglich vor, das jemand mit sechzehn so etwas Tolles macht.«

Ich sage: »Wieso sagst du so etwas?«

»Na ja, wenn ich mir die Welt so ansehe, denke ich, dass ich nicht …«

»Du musst einfach dein ganzes Potential ausschöpfen.« Ob sie wohl an meinen Lieblingspodcasts interessiert wäre?

Sie sagt: »Ich stecke einfach so … in meinem Alltag fest. Aber ich versuche es.« Sie fügt hinzu: »Soll ich den Zigarettenstummel einfach aus dem Fenster werfen?«

»Du übernimmst meine schlechten Angewohnheiten.«

Sie kichert. »Das versuche ich.«

Greg sagt: »Was habt ihr beiden denn zu flüstern?«

»Mädchenkram«, sage ich.

»Erzählt! Wir wollen es auch wissen.«

Ich antworte: »Das kann ich mir vorstellen.«

Callie

Wir fahren, bis die Stadt weit hinter uns liegt, und dann geht es einen langen Schotterweg hinauf, der in einer Ansammlung von Bäumen, umgeben von Scheunen und Silos, endet. Das Geräusch von hochgeschleudertem Kies beendet unser Geplauder.

Beim Aussteigen fällt mir sofort die frische warme Landluft auf. Obwohl es bei unserer Ankunft schon nach halb zehn ist, bietet der Himmel mit dem Sonnenuntergang ein wunderbares Farbenspiel: verschiedene Lila- und Rosatöne, Orange und Blau. Ein Satz taucht plötzlich in meinem Kopf auf: *Wenn der Himmel so weit und die Welt ohne Laut, leg die Hand auf meine Haut und ich bin bereit.*

Ivy nimmt meine Hand. »Siehst du! Spaß!« Sie geht los, um sich das riesige Haus anzusehen. In unserer Stadt gibt es nicht viele Häuser, die so schick sind wie dieses hier, und ich war nie vorher in einem. Irgendwie bin ich total überdreht und glücklich zugleich von den Zigaretten und der Aufregung, hier zu sein. Wow, mein Leben wird einfach immer besser.

Kurt kommt zu uns, er schlägt Xander auf den Rücken und sagt fröhlich Hallo zu Ivy, dem andern Typen und mir. Er hält meinen Blick, und ich versuche, seinen Ausdruck zu deuten. Ivy hebt ihr Gesicht, und er beugt sich vor, um sie zu küssen. Es ist ein schneller Kuss, aber ich sehe, wie sie um seinen Hals greift, locker und sexy. Mit einer Heftigkeit, die mich schockiert, wünsche ich mir auch einen solchen Kuss. Ich schwöre mir, dass ich auch jemanden finden werde, schwöre mir, dass ich auch so geküsst werde. Vielleicht ist diese Party der richtige Ort dafür.

Das Haus ist voll mit Leuten, die trinken und lachen und tanzen. Der Eingangsbereich ist größer als der ganze Erdgeschossflur bei uns zu Hause, und zu beiden Seiten führt eine breite Treppe nach oben. Die Wände sind in Gold und Silber tapeziert. Ein paar große, unförmige Skulpturen stehen herum – hässliche, schwarze Dinger. Beim Betreten des riesigen Wohnzimmers entdecke ich gleich drei Fernseher an jeweils drei Wänden, jede Menge trendy Computerzubehör und Lautsprechersysteme. An einer bestens ausgestatteten Bar schüttelt der Mann, der Sam und Adrian von Artstarts abgeholt hat, gerade einen Cocktailshaker. Ich glaube es nicht. Kurts *Vater* ist der Barkeeper!

Er ruft über die laute Musik hinweg: »Kurt? Deine Mutter hat gerade angerufen. Sie und die Jungs sind gut bei eurer Großmutter angekommen. Sie wünscht dir viel Spaß.« Dann ruft er Xander zu: »Gib mir deine Autoschlüssel oder versprich, nicht zu trinken.«

»Klar, Mr Hartnett. Hier sind sie. Ich hätte gern ein Bier.« Er reicht ihm seine Schlüssel.

Zwei Gedanken gehen mir in diesem Moment durch den Kopf: Erstens: *Ich komme nicht mehr nach Hause.* Zweitens: *Ivy wusste, dass wir hier übernachten würden.*

Sie schlingt einen Arm um meine Taille. »Du hast dir doch schon gedacht, dass wir übernachten, oder? Ich hab dir ein T-Shirt zum Schlafen mitgebracht.«

»Ivy, meine Mutter bringt mich um. Ich *kann nicht* bleiben. Meine Eltern erwarten, dass ich nach dem Kino nach Hause komme. Ich hab ihnen erzählt, ich wäre mit Rebecca unterwegs und bis Mitternacht zurück.«

Ivy drückt mit der Hand in meine Taille. »Rebecca? Warum das denn? Du solltest doch sagen, dass du bei mir übernachtest. Komm schon, hol dir einen Drink. Lass uns Spaß haben.«

»Du verstehst das nicht.«

»Was? Warum hast du denn wegen Rebecca gelogen?«

Ich kann Ivy nicht sagen, dass Mom mir den Umgang mit ihr verboten hat. Ich mache mir sowieso immer noch Sorgen, dass Granny vielleicht Mom von meinem Besuch mit Ivy erzählt, auch wenn ich es geschafft habe, sobald Ivy mal zur Toilette war, Granny zu bitten, das nicht zu erwähnen. Granny hat mich lange angeschaut und gesagt: »Sei vorsichtig, Callie.«

Ivy wiederholt: »Warum hast du denn wegen Rebecca gelogen?«

Ein neuer Gedanke schleicht sich in meinen Kopf: *Lebe ein wenig, Callie, hör auf, dir dauernd Sorgen zu machen. Hab Spaß.* Ich fühle mich fast euphorisch und sage: »Mach dir keine Gedanken. Ich krieg das schon hin.«

Ich schicke Mom eine Nachricht: Becs möchte, dass ich übernachte. Ist das ok? Mein Herz schlägt wie verrückt. Was, wenn sie nein sagt?

Aber sie schreibt zurück: Du hast keine Zahnbürste!

Sie hat eine für mich.

Dann ok. Sei brav. Hab dich lieb.

Danke!

Ich schicke die letzte Nachricht ab, und mein Handy gibt den Geist auf. Der Akku ist leer. Mist! Mom wird das gar nicht passen, aber es ist jetzt passiert. Ich verdränge meine Nervosität und drehe mich mit einem Lächeln zu Kurts Vater um.

Er sagt: »Wer seid denn ihr beiden bezaubernden Damen?«

Kurt sagt: »Das hier ist Callie. Von *Flat Earth Theory*, du erinnerst dich?«

Ivy streckt ihre Hand aus. »Und ich bin Ivy. Ich hätte sehr gern ein Glas von was immer Sie da gerade machen.«

Irgendwann im Laufe der Party werden es weniger Leute. Kurts Dad, der wachsam alle Gäste auf Trunkenheit überprüft hat, bevor sie gingen, gibt Kurt ein High-five und zieht sich nach oben zurück. Ein paar Jungs, die zu viel getrunken haben, liegen schon in verschiedenen Schlafzimmern. Ivy sitzt auf einem riesigen Ledersofa und spielt mit Xander und Greg irgendein Computerspiel, bei dem es um Autorennen geht. Ich gehe in die Küche und fange an aufzuräumen, lasse Wasser in die Spüle ein und meine Hände werden beim Gläserspülen vom Spülwasser gewärmt. Aus irgendeinem Lautsprecher kommt Musik, merkwürdige Musik in ganz hohen Tönen, anders als alles, was ich bisher je gehört habe. Fremdartig. Ich muss dabei an Welten denken, die ganz anders sind als unsere eigene – fremde Universen, weit entfernte Planeten. Und dann denke ich an Kurt. Wie er früher am Abend meinen Blick gesucht hatte.

Wie er Ivy im *BEneath* geküsst hat.

Wie sorglos und verwegen ich mich fühle.

Ein Schrei ertönt. Ich wirbele herum. Es ist Ivy, die auf dem Sofa steht und im Spiel mit Greg kämpft. Ich drehe mich wieder um und stecke meine Hände erneut ins Spülwasser.

Kurt betritt die Küche mit einem Müllsack in der Hand. Ich mache eine Pause beim Spülen und werfe ihm einen Blick zu. Im ersten Moment bemerkt er mich nicht, weil er die Reste von einem Teller in den Müllsack kippt und dann Ivy und Greg beobachtet, die sich laut lachend aufs Sofa fallen lassen. Eine große Brünette, die ein ziemlich knappes Outfit trägt, hängt sich an Xander. Sie wirft Ivy böse Blicke zu, aber die ist viel zu sehr in das Spiel vertieft, als dass sie sich um irgendetwas anderes kümmert. Sie schreit: »Versuch es nicht mal!« in Richtung Bildschirm.

Ich spüre, dass Kurt nun mich ansieht und denke an das Bild von ihm und Ivy. Ein seltsames Gefühl kriecht durch meine Brust.

Kurt sagt: »Du brauchst nicht abzuspülen. Ich kümmere mich schon darum.«

»Kein Problem. Ehrlich gesagt, gefällt es mir sogar. Es hört sich vielleicht komisch an, aber ich räume ganz gern auf, und diese Musik ist cool.«

»Die ist von meinem Dad. Es ist ein mp3 von ihm, wie er die Säge spielt.« Kurt erklärt das genauer: »Wenn du eine normale Säge nimmst und mit einem bestimmten, besonderen Bogen darüberfährst, dann klingt es so.«

»Eine normale Säge«, wiederhole ich. In diesem Moment nimmt der Klang eine neue Intensität an. Wäre ich alleine, würde ich jetzt meine Augen schließen und mich ganz darauf einlassen. Stattdessen sagte ich: »Dein Dad scheint echt cool zu sein.«

»Ja. Er blickt schon ziemlich gut durch.«

Ich mache einen kleinen Schritt zurück, so dass mein Rücken gegen die Spüle gedrückt wird. Das warme Wasser macht den Hosenbund meiner Jeans feucht. Ich sage: »Meine Eltern haben kürzlich erst noch ein

Baby bekommen. Meinen Bruder. Er schreit ziemlich viel.«

»Und gefällt es dir mit ihm?«

»Ähm … ehrlich? Irgendwie macht er mich eifersüchtig. Wie albern! Ich bin auf ein *Baby* eifersüchtig.«

»Du wirst dich an ihn gewöhnen.«

»Vielleicht.«

Er lacht. »Sehr wahrscheinlich sogar. Sollen Babys nicht angeblich immer total niedlich sein?«

»Heißt es jedenfalls.«

Ivy ruft zu uns herüber: »Arbeitet nicht so hart, Leute … das können wir doch später noch machen.«

Kurt dreht sich um, hebt den Müllsack wieder an und sagt zu ihr: »Wir sind fast fertig.« Dann zu mir: »Bringen wir es hinter uns.«

Ivy kreischt vergnügt über etwas, was Greg sagt. Sie ruft: »Wenn ihr zwei fertig mit Langweilen seid, kommt zu uns zum Partymachen. Ich habe eine super Idee.«

Ich gehe durch den leeren Eingangsbereich, meine Schritte hallen, und ich räume noch ein paar Dinge weg, bevor ich wieder zu den anderen zurückkehre.

Kurt kommt ebenfalls zurück ins Haus. Er stößt mit mir zusammen und sagt leise: »Callie?«

Im Halbdunkel sage ich: »Ja?«

Ein betrunkenes Mädchen taucht oben an der Treppe auf und sagt, fast zu sich selbst: »Wo lang noch mal?«, dann verschwindet sie wieder hinter einer anderen Tür.

Kurt sagt: »Also sind wir Freunde. Du und ich?«

»Klar.«

»Ich wollte nur … ich …«

Ivy ruft: »Callie, wo bist du?«

Ich sage zu Kurt: »Klar sind wir Freunde. Was ist denn los?«

»Nichts.«

»Du kannst dich jetzt ruhig auch mal ein wenig entspannen«, meine ich. »Schließlich ist es ja deine Party. Komm … wir sind mit Aufräumen fertig.«

Ich gehe ins Wohnzimmer und denke, er kommt mit, aber das tut er nicht. Drinnen ist es rauchig von Zigaretten, doch es liegt noch ein anderer Duft in der Luft, süßlich und exotisch. Jemand raucht Gras! Xander und Greg sitzen auf dem einen Sofa, und Ivy hat sich auf ein Zweiersofa daneben gesetzt. Mit einem Blick fordert sie mich auf, zu ihr zu kommen. Ich setze mich neben sie, und sie reicht mir eine Flasche. Es ist eine blaue, süß schmeckende Art Bowle. Ich trinke ein paar Schluck, dann reiche ich sie ihr wieder.

»Igitt.«

Sie sagt: »Ich fasse es nicht, dass du alles aufgeräumt hast.«

»Du weißt doch, wie ich bin.«

Ihre Augen sind leicht gerötet. »Tu ich das?«

»Klar.«

Sie drückt meine Hand. »Natürlich tu ich das.«

»Also, was ist die tolle Idee – weißt du noch, vorhin hast du gesagt, du hättest eine tolle Idee?«

Sie hebt die Stimme. »Xander, Greg, dreht diesen quietschenden Mist ab. Spielen wir ein Spiel. Wo ist Kurt?« Sie dreht suchend den Kopf, dann lehnt sie sich wieder an mich und sagt: »Kein Problem. Wir fangen einfach schon mal ohne ihn an.« Noch während sie das sagt, kommt Kurt herein. »Super, Baby«, sagt sie. »Komm, setz dich zu uns.«

Das tut er, und ich bin jetzt also eingequetscht zwischen ihm, der gegen meine linke Seite drückt, und Ivy, die von rechts gegen mich drückt.

Ivy sagt: »Fangen wir mit dem Spiel an.«

Greg starrt Ivy an, als wolle er sie gleich verschlingen. Sie scheint es gar nicht zu bemerken. Mir wird klar, dass er gerade einen Joint gedreht hat. Er zündet ihn an.

»Sicher«, sagt er. »Spielen wir ein Spiel. Warum nicht?«

Ivy kichert, sie ist schon bekifft. Sie streckt die Hand aus, und Greg reicht ihr den Joint.

»Also«, sagt Ivy, »Jeder muss etwas gestehen.«

Greg sagt: »Das ist ein typisches *Mädchen*-Spiel. Was soll ich denn gestehen? Zum Beispiel, dass ich Ivy heiß finde?«

Ivy lacht, als hätte Greg etwas wirklich Witziges gesagt. Ich spüre, wie Kurt sich neben mir verspannt. Sie greift über mich hinweg in Kurts Hemdtasche, um seine Zigaretten herauszuziehen. Ihre Stimme klingt schleppend. »Niedlich, Greg. Callie ist an der Reihe. Komm schon, Callie. Du musst auch etwas haben, was du gestehen kannst.«

Ich denke an Granny und welch schlechtes Gewissen ich hatte, dass ich nicht da war, als sie stürzte. Ist das etwas, was man gesteht? Ich frage mich, was die anderen denken. Irgendwie ist es im Moment ziemlich aufregend – unsicher zu sein, was als Nächstes geschehen wird. Gleichzeitig macht es mir ein wenig Angst.

Ivy ergreift wieder das Wort. »Meine Güte, Leute, ihr müsst lockerer werden. Ich gestehe, dass ich Kurt mag.«

Greg sagt: »Das sind ja Wahnsinnsneuigkeiten.« Er fügt hinzu: »Ich gestehe, dass ich dieses Gras von meinem großen Bruder geklaut habe.«

Ivy nickt. »Jetzt kommen wir langsam in Fahrt.«

Die anderen schweigen wieder.

Ganz leise sagt Ivy: »Dann bin ich wohl wieder dran. Ich gestehe, dass ich jemanden getötet habe.«

Greg sagt: »Du bist witzig.«

Ivy schließt halb die Augen und murmelt: »Es ist mein Ernst. Ihr Name war Isabel Cabezas. Es war natürlich ein Unfall, aber für mich fühlte es sich nie so an. Es fühlte sich eher an wie Mord. Es ist so schwer, mit dem zu leben, was ich getan habe.«

Mein Magen verkrampft sich. Isabel Cabezas. Isabels Ausweis steckt noch in meiner Jackentasche – in meiner Jacke, die in Kurts Flurschrank hängt.

Kurt fragt: »Ist das dein Ernst?«

Mein Gott! Es ist ihr *Ernst*.

Xander fragt: »Was ist passiert?«

Ivy öffnet die Augen wieder weit, beugt sich ein wenig nach vorne und hält uns alle in ihrem Bann. »Izzy war älter als ich. Wir waren beste Freundinnen. Wie Schwestern. Sie fuhr ihr Motorrad, und ich saß auf dem Rücksitz ...« Ivy spricht mit leiser Stimme, und es ist, als ob wir anderen aufgehört haben zu existieren. »Isabel fuhr schnell. Sie war wütend über etwas, was ich zu ihr gesagt hatte. Meine Arme lagen um ihre Taille. Als sie um eine Kurve fuhr, kamen wir auf dem Randstein auf und flogen beide durch die Luft. Ich landete auf einer Wiese, aber sie ... sie war einfach ...

ich kroch zu ihr hinüber und schrie ihren Namen. Sie starb in meinen Armen. Das ist der Grund, weshalb Mom und ich Kansas City verließen und hierher zurückkamen … wir mussten einfach weg.«

Wir schweigen alle. Ich versuche, mir vorzustellen, wie Ivy auf dem Boden liegt und ihre beste Freundin in ihren Armen stirbt. »Mein Gott, Ivy«, stoße ich leise hervor.

Ivy sagt: »Wenn ich sie nicht wütend gemacht hätte, wäre sie nicht so schnell gefahren. Dann wäre sie nicht gestorben. Es ist meine Schuld.« Sie sitzt so still wie eine Porzellanfigur, ihre Augen sind glasig vor Tränen.

Ich fange mich wieder. Ich muss etwas tun, muss sie hier heraus bringen, bevor sie noch mehr sagt. Wenn ich eine bessere Freundin wäre, hätte ich das schon viel früher getan. Ich stehe auf. »Ivy, komm wir gehen.«

Die drei Jungs starren mich an. Ich sage: »Kurt, in welchem Zimmer können wir denn schlafen?«

Zu meiner Erleichterung steht Ivy auf und folgt mir, leise und gedankenverloren bewegt sie sich, als wate sie durch tiefes Wasser.

Kurt führt uns nach oben in das Zimmer von einem seiner Brüder. Leise wünscht er uns eine gute Nacht, und ich schließe die Tür. In dem Zimmer brennt eine kleine Nachttischlampe, und es ist gemütlich, so ganz anders als das riesengroße Wohnzimmer, in dem noch die dunklen Schatten von Ivys Geschichte hängen.

Ivy lässt sich aufs Bett fallen, fasst meine Hand und zieht mich neben sich. »Callie«, sagt sie und kichert. Die Stimmung verändert sich. Sie fährt mit einem Finger von meinem Augen- bis zu meinem Mundwinkel. »Lass dich küssen.«

»Ich bin …« Unsicher berühre ich mit der Zungenspitze meine Oberlippe.

Sie lächelt. »Du weißt, dass du es willst.«

Ihr Mund ist ganz nah. Sie riecht nach Alkohol. Nach dem gerauchten Gras. All die Dinge, die sie gesagt hat, diese fürchterlichen Dinge! »Du bist high und total durcheinander«, sage ich und ziehe mich zurück. »Wir reden morgen weiter.«

Ihre Augen funkeln. Sie sagt: »Hast du mich vermisst?«

»Du weißt, dass ich dich vermisst habe.«

Sie schließt die Augen und ist innerhalb weniger Sekunden eingeschlafen. Ich knipse das Licht aus, in meinem Kopf tobt ein Tornado. Ivy! Isabel! Ich liege in einem viel zu warmen Kinderzimmer mit nichts anderem im Kopf, als der Vorstellung von zwei Mädchen, die durch die Luft geschleudert werden, und von denen eines dabei getötet wird.

SIEBEN

31. JULI

Kurt

Xander steht vom Sofa im Wartezimmer auf und geht den Flur entlang, ohne sich nach mir umzusehen. Über diesen Autounfall wird es auf jeden Fall einen Artikel in der Schülerzeitung geben, aber ich selbst kann ihn gewiss nicht schreiben. Ich bin viel zu nahe an der Sache dran. Ich denke wieder an Callie und Ivy, an die Party bei mir zu Hause, die Dinge, die Ivy erzählte, als sie high war.

High zu werden hat etwas an sich, was mir gefällt. Eigentlich müsste ich sagen *gefiel*. Inzwischen gefällt es mir nicht mehr. Mit ungefähr vierzehn geriet ich in diese Szene, war bei jeder Party dabei. Ich war jünger als die meisten, aber ich habe schon immer älter ausgesehen, als ich bin. Eine bestimmte Party ist mir besonders in Erinnerung geblieben. Ein paar ältere Jungs waren heftig am Trinken – es waren irgendwelche Typen, die bereits aufs College gingen. Ich hatte mir ein Bier besorgt und daran gearbeitet, mich zuzudröhnen. Zwei, drei, vier Bier. Dazu noch ein paar Shots. Ich war hackedicht. Dann habe ich noch Speed eingeworfen und drehte auf. Ich fühlte mich super, bis ich auf einmal meine leibliche Mutter entdeckt habe. Auf der Party! Sie redete gerade mit einem älteren Kerl, mit dem sie auch Händchen hielt. Sie bemerkte mich im gleichen Moment, als ich sie sah. Der Moment, der dein Leben verändert. Meines jedenfalls veränderte. Es war der Ausdruck in ihren Augen – auf jeden Fall war da Scham, Schuldgefühle, Wut, Reue – aber die stärkste Empfindung, die ich aus ihrem Gesicht herausgelesen habe, war Resignation. Resignation, weil ihr Kind *genau wie sie selbst* war.

Xander kehrt zurück. Er setzt sich auf eines der Sofas, legt den Kopf in den Nacken und schläft ein. Ich wünschte, ich könnte schlafen.

ACHT TAGE ZUVOR

Ivy

Ich höre Hunde bellen, aber ich ignoriere sie. Verdammt, in meinem Kopf hämmert es wie eine Faust, die gegen eine Tür schlägt, als die Hunde erneut anfangen, wie verrückt zu bellen. Ich schwöre, wenn ich eine Pistole hätte, würde ich diese dummen haarigen Viecher abknallen. Haltet endlich eure verdammten Mäuler! Ich schlafe ein. Ich bin wieder ein kleines Mädchen und sehe meiner Mom zu. Sie trägt Abdeckstift auf einen blauen Fleck an ihrer Wange auf. Dann malt sie ihre Lippen rot an. »Männer. Du kannst nicht mit ihnen leben, aber auch nicht ohne sie. Das wirst du schon noch lernen.«

Sie hält mich fest und flüstert in mein Haar: »Du darfst mich nie verlassen.«

Ich wache auf, als wäre ich unter Wasser gewesen und müsste nach Luft schnappen. Wo zum Teufel bin ich? Callie ist nicht im Bett. Die Uhr an der Wand zeigt elf an. Da ist Callie, sie schüttelt mich jetzt und sagt: »O mein Gott, meine Eltern! Sie haben mich bestimmt schon längst zurückerwartet. Steh auf, Ivy.«

Sie springt herum und schmeißt sich in ihre Klamotten. Es wäre lustig, wenn mir nicht der Kopf so weh täte. »Hey, verdammt, beruhige dich doch. Es ist ja noch nicht mal Mittag«, sage ich.

Sie schaut nicht einmal in meine Richtung. »Beeil dich einfach, Ivy. Bitte.«

»Was ist denn wirklich los?«

»Ich habe es dir schon gesagt, ich bin zu spät dran.« Sie weicht meinem Blick immer noch aus.

»Bist du so, weil ich dich küssen wollte?«

»Nein.« Sie wird rot.

»Hey, komm runter.« Ich sage das sanft und versuche, mit leichtem Ton die Atmosphäre aufzulockern. »Ist doch keine große Sache.«

»Für mich schon«, sagt sie. Dann bricht sie in Tränen aus. »Tut mir leid. Es tut mir wirklich leid. Aber ich muss echt dringend nach Hause. Mein Handyakku ist leer, und jetzt haben wir auch noch verschlafen. Mom wird versuchen, mich zu erreichen.«

Ich stehe auf. »Sie behandelt dich wie ein kleines Kind.«

»Ich weiß.«

Ich sage: »Das ist gar nicht so schlimm. Schnell erwachsen zu werden nervt.«

»Ja … aber können wir einfach gehen? Bitte, Ivy?«

Ich habe immer noch die Klamotten von gestern Abend an und ziehe jetzt die Sonnenbrille aus meiner

Tasche. Wir gehen nach unten. Ich sage halblaut: »Ich hab nur rumgealbert.«

»Erinnerst du dich überhaupt?«

»Woran denn?«

»Was du in der Nacht gesagt hast.«

»Was habe ich denn gesagt?«

»Über Isabel?«

»Oh, Shit.« Was *hab* ich bloß gesagt? Ich setze meine Sonnenbrille auf.

Callie sagt: »Lass uns später reden. Die anderen steigen alle schon in Xanders Auto ein.«

Xander begrüßt uns mit einem kurzen Kopfnicken. Im Auto schweigen wir alle. Callie sieht aus dem Fenster. Am Horizont sammeln sich Sturmwolken. Wir halten vor Callies Haus, sie springt hinaus und eilt den Weg entlang. Ich öffne meine Tür und sehe ihr nach.

Ihre Mutter reißt die Haustür auf und schreit mit rotem Gesicht: »Wo warst du denn?« Oh, oh! ... das volle Programm! Sie blickt zu mir.

Ich höre Callie sagen: »Ich war ... ähm.« Sie macht es nicht unbedingt besser. Sie ist gerade aus Xanders Auto gestiegen. Wenn du beim Lügen erwischt wirst, ist es Zeit, zur Wahrheit überzuwechseln.

Ihre Mutter bricht in Tränen aus und sagt: »Ich konnte dich nicht erreichen, Callie. Letzte Nacht ist sie gestorben.«

Im ersten Moment bin ich durcheinander, denn sofort fällt mir Ivys Geschichte über Isabel ein. Dann durchfährt es mich auf einmal, wie ein Schlag in die Magengrube, dass Mom von meiner Granny spricht. Granny ist tot. Ich habe einen bitteren Geschmack im Mund.

»Nein!«, sage ich.

»Was hattest du denn mit Ivy zu tun? Ich habe dir verboten, sie zu treffen. Wessen Auto ist das?« Sie zieht mich ins Haus. Ihr Griff ist fest. Im Haus ist es zu warm. Sie fragt: »Wo warst du? Wer hat dieses Auto gefahren? Warum bist du nicht rangegangen, als ich angerufen habe?«

»Der Akku war auf einmal leer. Ich habe dir schon die ganze Zeit gesagt, dass ich ein neues Handy brauche.«

In ihren Augen stehen Tränen, und sie sieht aus wie ein junges Mädchen. »Ich habe bei Rebecca zu Hause angerufen und alle aufgeweckt.«

»Es tut mir leid, Mom. Und das mit dem Handy habe ich nicht so gemeint. Ich hätte es aufladen sollen, bevor ich gegangen bin. Es tut mir leid, dass ich gelogen habe. Ich bin mit Ivy zu einer Party gegangen. Ich wollte dich nicht anlügen, aber ich wusste einfach, dass du mich niemals hättest gehen lassen, wenn ich dich gefragt hätte, und ich wusste selbst nicht, dass wir über Nacht dort bleiben, und jetzt war ich nicht da, als Granny gestorben ist …« Es trifft mich mit voller Wucht. Es scheint unmöglich, dass Granny nicht mehr bei uns ist. Ihr ganzes Leben, all die Momente, die es ausmachten, all das ist vorbei. Ich fange an zu weinen.

Mom wird nachgiebiger und sagt mir, alles sei in Ordnung. Sie umarmt mich, aber ich weiß, dass sie wegen der Party und wegen Ivy sauer ist. Noch schlimmer: Sie ist *enttäuscht*.

Ich flüstere in ihr Haar: »Ich wünschte, ich wäre nicht hingegangen, Mom. Es tut mir leid.«

Das genügt für den Augenblick. Viele Dinge sind zu organisieren. Mom zieht mich weiter, und wir geraten in einen Strudel von Verwandtschaftsbesuchen und den endlosen Einzelheiten einer Beerdigung, die bereits auf Sonntag, drei Tage später, festgelegt wird. Wir sprechen über Blumen und Musik, wer etwas sagen will und die Reihenfolge im Gottesdienst. Mom und ich wählen den Sarg aus.

Ich bin hilfsbereit und lieb, und Mom erwähnt die Party nicht mehr, auch nicht Ivy, meinen Ungehorsam oder ihre Enttäuschung. Die Trauer ist wie das Meer. Sie schwappt in Wellen über mich hinweg, manchmal schlägt sie mir mit der Wucht der Erinnerungen regelrecht die ganze Luft aus dem Körper. Dazwischen herrscht Windstille, und es geht mir gut, es ist fast, als ob alles in Ordnung wäre.

Während die Tage vorbeirasen, ruft Ivy häufig an, will mich unterstützen und ist unglaublich nett. Sie bietet an, rüberzukommen und zu helfen. Aber ich treffe sie nicht. Auch Rebecca treffe ich nicht. Sie schreibt Nachrichten und ruft an. Wenigstens sind wir nicht länger zerstritten. Ich gehe nicht zur Arbeit, und Ana hat dafür Verständnis. Bis zur Beerdigung befinde ich mich mit meiner Familie in einer Art Kokon. Die Trauerfeier wird in einem kahlen Raum abgehalten, mit einem Foto meiner Großmutter in der Mitte, umgeben von jeder Menge Rosen. Deren Duft ist unglaublich intensiv, fast zu stark, so dass einem beinahe übel wird. Ich kann nicht glauben, dass ein Leben so endet – dass man von Fremden in dunklen Anzügen hinausgetragen wird. Rebecca ist da. Ivy ist auch da, sie trägt ein schwarzes Kleid. Es ist seit ihrer Rückkehr das erste Mal, dass ich sie in etwas anderem als Weiß sehe, und das erste Mal ohne Make-up. Ihre Wimpern sind blass, und ihre Haut ist fleckig. Sie winkt mir zu.

Granny ist weit weg von mir, es fällt mir schwer, mich an ihre Stimme zu erinnern. Rosenbuketts, Rosen überall im Raum. Ich atme ein. Jetzt riecht die Luft nach ihr, und für einen allzu kurzen Moment ist es, als ob sie mit mir spräche. *Sei vorsichtig, Callie.*

Nach dem Gottesdienst tritt Ivy zu mir und nimmt meine Hand. Aber es gelingt mir nicht, mit ihr zu sprechen, weil ein Großonkel mich in eine übertrieben freundliche Umarmung zieht und mir sagt, was für eine hübsche junge Frau ich geworden sei. Boah. Alte Leute küssen mich auf die Wange und erzählen mir Geschichten über meine Großmutter – Geschichten, die gar nicht richtig bei mir ankommen.

Es ist der Tag nach der Beerdigung, vier Tage sind seit der Party vergangen. Meine Verwandten sind abgereist, und ich fühle mich leer und traurig, als Ivy mir schreibt und mich fragt, ob ich mit ihr Eis essen gehen will. Ich gehe ins Arbeitszimmer meiner Mutter und sage: »Mom, kann ich, ähm, mich bitte nachher mit Ivy treffen?«

Mom sieht hoch und mustert mich ruhig. »Ich habe sie bei der Beerdigung gesehen.«

»Sie ist mir wichtig, Mom.«

»Wir haben noch nicht über die Party gesprochen. Darüber, dass du dich mit ihr getroffen hattest, obwohl ich dich gebeten habe, das nicht zu tun.«

»Ich weiß.«

»Du hast mich angelogen, Callie.«

»Es tut mir leid.«

»Ich möchte nicht, dass du mich noch einmal anlügst.«

»Es tut mir wirklich leid.« Mir kommen die Tränen. »Aber ich konnte Ivy nicht sagen, dass du nicht willst, dass ich mich mit ihr treffe.«

Sie dreht sich in ihrem Schreibtischstuhl leicht von einer Seite zur anderen. »Ich weiß, dass ich aufgeschlossener sein sollte.«

Es wird mir peinlich. »Müssen wir denn darüber reden?«

»Callie, ich möchte ... ich will einfach nicht, dass du noch einmal verletzt wirst.«

»Mom, ich möchte echt nicht darüber reden.«

»Es ist in Ordnung, wenn man ...«

»Können wir bitte damit aufhören? Sofort?«

Sie öffnet ihr Laptop, und wir warten beide in qualvoller Stille. Schließlich sagt sie: »Wenn sie deine Freundin ist, dann sollte ich es wohl noch einmal mit ihr versuchen. Ich weiß, dass ich das tun sollte, also sag mir, wohin wollt ihr heute?«

»Nur ein wenig spazieren gehen, vielleicht noch ein Eis essen gehen oder so.«

Mom braucht noch einen Moment. »In Ordnung«, sagt sie schließlich. »Aber keine Lügen mehr.«

»Versprochen«, sage ich.

Als ich ins Eiscafé komme, umarmt mich Ivy erst mal ganz fest, dann sagt sie: »Eiscreme! Das ist das einzig Wahre.«

»Okay.«

»Allerdings nicht After-Eight.«

»Aber das ist meine Lieblingssorte.«

»War es schon immer.« Sie kauft uns Pistazien- und Mango-Eis. Klingt grässlich, aber schmeckt richtig gut. Ich denke an meine Granny und die stille Entschlossenheit in ihren blassen Augen, die Art und Weise, wie sie immer mit einem Daumen um den anderen kreiste.

Ivy legt ihren Arm um mich und sagt: »Ich weiß, wie schwer es ist.«

Ich lasse mich gern trösten. Ivy riecht gut, wie immer, nach diesem Vanille-Parfüm.

Sie flüstert in mein Haar, drückt mich ganz fest und sagt: »Ich wünschte, ich könnte machen, dass alles wieder gut ist.« In ihrer Stimme höre ich Bedauern heraus.

Wahrscheinlich muss sie an ihren eigenen Verlust denken, an ihre Freundin Isabel. Ich fühle mich plötzlich viel älter, auf eine Art erwachsen geworden, die ich eigentlich nicht wollte, und ich sehne mich danach, wieder ein Kind zu sein, frei und unbeschwert.

Wir sitzen auf der Mauer vor dem Eiscafé und lassen unsere Beine baumeln. Zwei Löffel, ein Becher. Dieses Kinder-Gefühl, nach dem ich mich gerade sehnte, steigt wieder in mir auf.

Ivy sagt: »Mom ist ... Ach egal, tut mir leid, dass ich damit angefangen habe. Du hast deine eigenen Probleme ...«

»Nein, ich bin ganz froh, wenn ich an etwas anderes denken kann.«

»Ich hatte einen üblen Morgen.«

»Mit ihr?«

»Ja. Sie war ... na ja, du weißt schon, wieder betrunken.« Ivy macht eine Pause. »Warum hast du deiner Großmutter eigentlich von diesem Tag am Fluss erzählt?«

»Ich sagte nur, dass deine Mutter ... na ja, ich bin nicht in Einzelheiten gegangen. Darüber gar nicht. Ich war einfach nur durcheinander. Es war ja auch ziemlich schlimm.«

»Mom ist damals völlig ausgerastet. Sie hat entschieden, dass wir zusammen weggehen, und ich hatte kaum Zeit, meine Klamotten zu packen, geschweige denn nachzudenken. Sie hat mir nicht einmal erlaubt, dass ich dich anrufe oder sehe, mich verabschiede, gar nichts.«

Unser Eis schmilzt.

Sie sagt: »Es war ... also das Leben mit ihr war danach ... am Anfang, na ja, ging es einfach nur von einem Tag zum nächsten. Mom hörte auf zu trinken. Ich dachte ehrlich, sie hätte es geschafft. Verstehst du? Sie war weiter gegangen als je zuvor. Ich meine, sie hatte schließlich versucht, sich umzubringen. Das Trinken schien auf einmal nicht mehr so normal. Macht das irgendwie Sinn? Sie hat sich auch wirklich Mühe gegeben. Echt. Sie hatte immer noch jede Menge Geld von ihrer Erbschaft.

Wir lebten für eine Weile in einem winzigen Kaff namens Plato – ich hab dir von Riley erzählt, weißt du noch? Der Sohn ihres Freundes, derjenige, für den ich strippen sollte? Danach lebten wir bei irgendeinem Bauunternehmer in San Francisco. Dann traf sie Mark. Wir fanden einen neuen Ort für uns zum Leben: Kansas City. Es ist ziemlich scheußlich dort, aber was soll's. Sechs Monate nachdem wir dort angekommen waren, fand ich sie ohnmächtig im Schlafzimmer. Ich habe versucht, es vor allen zu verbergen, weil sie mir geschworen hat, ein für alle Mal mit dem Trinken aufzuhören. Das nächste Mal. Und das nächste Mal. Sie ist echt gut darin, es zu verbergen. Aber schließlich fand Mark es heraus.« Ivy starrt auf einen unsichtbaren Punkt in der Ferne. »Ich war an so vielen verschiedenen Schulen, dass ich sie gar nicht mehr zählen kann, aber sie hört einfach nicht auf zu trinken. Sie kann nicht aufhören. Nichts hilft. Mark hat sie rausgeworfen. Dann fand ich sie auf ihrem Bett. Du weißt schon. Wieder einmal. Sie kam ins Krankenhaus. Ich war die Einzige, die sie besuchte. Alles geriet ein wenig außer Kontrolle … für mich, meine ich.«

»Mein Gott, Ivy.«

»Mom beschloss, dass wir Kansas City verlassen müssten, und kam wieder mit Kevin zusammen, also kehrten wir hierher zurück …« Sie macht eine Pause. »Das Schlimmste dabei? Ich frage mich einfach immer nur, ob ich so enden werde wie sie.«

»Aber natürlich nicht. Auf keinen Fall.«

»Alkoholismus kann auch in den Genen liegen, weißt du. Ich sehe ja sogar aus wie sie.« Sie sagt: »Ich bin nur echt froh, dass du für mich da bist.«

»Du … du bist mir sehr wichtig, Ivy.«

»Du mir auch.«

Am Nachmittag muss ich zur Arbeit. Mir ist eigentlich überhaupt nicht danach, aber ich habe schon die letzten beiden Schichten wegen der Beerdigung gefehlt. Als ich in der Galerie ankomme, starrt Kurt auf das Gemälde, das ganz in Schwarz, mit der Frau in Weiß am unteren Rand, die mich immer an Ivys Mom erinnert. Kurts Schultern sind hochgezogen, als hätte auch er einen schlechten Tag.

Er muss meine Anwesenheit neben sich gespürt haben, denn er dreht sich um und sagt: »Hab dich gar nicht mehr hier gesehen.«

»Ich dachte, du hast es vielleicht gehört.«

Er runzelt die Stirn. »Nein, was ist denn los?«

»Na ja … meine Großmutter ist in der Nacht von deiner Party gestorben.« Die Worte kommen mir nur langsam über die Lippen, als seien sie klebrig.

»Davon hatte ich keine Ahnung. Das tut mir leid.«

»Danke. Ivy hat es dir nicht erzählt?«

»Nein. Ich habe sie nicht gesehen.« Er macht einen Schritt von dem Gemälde zurück. »Ich … na ja. Vergiss es. Ich bin nicht gut in solchen Sachen. Vielleicht hast du ja Lust, an deinem geplanten Artikel über die Ausstellung zu schreiben?« Er macht sofort wieder einen Rückzieher. »Nicht, wenn es zu bald ist, aber …«

»Nein, das mache ich.«

»Ich finde immer, wenn man arbeitet, dann macht das irgendwie alles … na ja, einfacher.«

»Weißt du was? Erinnerst du dich an das Porträt über meine Großmutter? Vielleicht könnte ich auch eine Serie daraus machen, zum Beispiel noch ein paar Interviews mit anderen Großeltern.«

Ich höre meine Chefin, Ana, hüsteln, und zwar nicht unbedingt diskret. »Callie, wenn du dann so weit bist … ich habe eine Riesenhorde hier drin.«

Am nächsten Morgen liege ich noch im Bett und spiele mit einem Satz in meinem Kopf: *Licht sprudelt wie Saft aus einem heruntergefallenen Karton, Licht spritzt umher, befleckt, sickert in die Ritzen.* Da höre ich Ivy auf der Straße rufen.

»Huuuuhuuuu! Caaaallliiiee, ZEIT ZUM JOGGEN!«

Ich ziehe das Kissen über meinen Kopf.

»Calliiiee!« Ich schiebe das Kissen weg, stemme mich hoch und sehe aus dem Fenster. Sie steht davor und ruft:

»Komm runter!«

»Es ist zu früh.«

Sie holt ihr Handy heraus. Eine Nachricht poppt auf: Nie zu früh!

Ich rufe hinunter: »Okay, okay. Ich komme.«

Ich gehe mir Moms Zumbaklamotten holen. Mom, Cosmo und Dad liegen alle zusammen im Bett meiner Eltern. Ich gucke sie mir alle drei an. Mom wacht auf, noch verschlafen lässt sie mich die Sachen borgen und sagt mir, wir sollten neue für mich kaufen, wenn ich das Joggen tatsächlich beibehalten will.

Bin in 2 Min unten. Nicht singen!

Als ich rauskomme, ist es schon warm. Goldenes Licht wirft helle Streifen auf die Straßen. Es liegt etwas in der Luft, was ich nur als den Duft von *Grün* beschreiben kann. Ich laufe hinüber zu Ivy, die in einem kurzen Einteiler aus Lycra auf der Stelle immer von einem Fuß auf den anderen wechselt.

»Wie geht's dir?«

»Geht schon.«

Ivy sagt: »Das Laufen wird dich wach machen.« Sie läuft locker los. Ich versuche, sie einzuholen, doch sie ist zu schnell. Sie läuft und läuft und sieht über ihre Schulter zu mir zurück. »Wer zuerst am Fluss ist.«

Ich laufe voller Entschlossenheit, denke an Granny und wie ich sie vermisse. Ivy mag von Natur aus schneller und besser in Form sein, aber ich erstürme die Straße, ignoriere den Schmerz in meiner Brust und das Brennen in meinen Lungen. Bald höre ich Ivy unter der Anstrengung ebenfalls lauter atmen.

Dennoch besiegt sie mich.

Dort, wo die Straße aufs Ufer stößt, bleiben wir stehen. Ivy lacht euphorisch und scheint schon nicht mehr atemlos zu sein. Ich hingegen fühle mich, als müsste ich gleich sterben. Ich breche im Gras zusammen, strecke die Arme von mir und blicke zum Himmel hinauf. Schweiß steht feucht und eklig auf meiner Haut, während ich nach Luft schnappe. Ivy legt sich neben mich. Sie holt schaudernd Luft und sagt: »Manchmal kommt einem alles richtig schlimm vor.«

Ich drehe mich zu ihr. »Ich wusste ja, dass sie alt war, ich meine, ich wusste, dass wir sie eines Tages verlieren würden, aber ich dachte, das würde erst später passieren. Nicht … nicht einfach so«, sage ich.

»Hör mal, Callie, ich weiß nicht, ob es dir damit wirklich bessergeht, aber ich habe diese Podcasts, die echt super sind.«

»Podcasts? Worüber denn?«

»Du weißt schon, so spirituelles Zeug. Was bessere Laune macht. Ich war selbst vor nicht allzu langer Zeit ziemlich mies drauf.«

»Was meinst du?«

»Ich bin …« Sie stützt sich auf einem Arm ab, so dass wir einander ansehen. Sie sagt: »Was würdest du sagen, wenn ich dir erzähle, dass ich versucht habe, Schluss zu machen.« Sie bläst die Wangen auf und atmet langsam wieder aus. »Ich meine, wie Mom. Absichtlich.«

»Du hast versucht, *dich umzubringen*?«

Ivy dreht sich auf den Rücken, um in den Himmel zu starren, und ich starre sie an. Sie sagt: »Na ja, ich sagte doch, ich war mies drauf. Es war echt richtig übel.«

»Ivy, du hättest mich anrufen sollen.«

Sie sieht mich nicht an. »Was? Auf einmal, nach so vielen Jahren? Außerdem geht es mir inzwischen viel besser.«

»Es waren gar nicht so viele Jahre.« Ich mache eine

Pause. »Du warst mir wirklich wichtig, und ich habe dich echt vermisst.« Ich möchte sie fragen, wie sie es machen wollte und was dann geschah, aber ich merke, dass sie anfängt zu weinen. Ich sage »Ach, du Arme.«

»O nein. Das bin ich nicht. Ich bin nicht die arme Kleine. Ich bin die Starke. Die mit Power. Die, für die alles möglich ist.« Sie springt hoch, wischt die Tränen weg und hüpft von einem Fuß auf den anderen. »Rennen wir wieder um die Wette zurück?«

ACHT

31. JULI

Kurt

Ich trommle mit den Fingern auf die Armlehne des Sofas. Bedauern ist ein starker Drink. Whisky. Er rinnt durch meine Adern. Ich bin davon betrunken. Am ersten Abend flüsterte Ivy mir zu: »Bei dir fühle ich mich sicher.«

Was soll ein Kerl damit anfangen? Ihr Haar roch gut. Ihre Hände fühlten sich federleicht auf meiner Brust an. Sie kam mir vor wie das Mädchen mit den Schwefelhölzern – aus dem gleichnamigen Märchen von dem Mädchen, das unbedingt seine letzten Streichhölzer verkaufen will. Verzweifelt und gleichzeitig kratzbürstig. Aber es war nicht schwer, jegliches Interesse, das ich an ihr gehabt hatte, ins Wanken zu bringen – alles, woran ich denken musste, war meine leibliche Mutter, deren Freunde, genau *dieses* Leben.

Callies Schulfreundin kommt den Krankenhausflur entlanggelaufen und geht zu Xander, der heftig über sein Gesicht reibt, sich aufsetzt und so tut, als sei er die ganze Zeit wach gewesen. Sie ist klein und muskulös, hat blaues Haar. Ihr Make-up ist verwischt.

»Ich bin Rebecca Lane, erinnerst du dich an mich?«, fragt sie. »Aber egal. Wo können wir denn irgendwas erfahren? Es muss doch irgendjemanden geben, der uns etwas sagen kann. Wo sind denn alle anderen? Ich habe nur online das Auto gesehen und bin einfach sofort hierhergekommen. Das Ganze ist so verrückt! Callie und ich hatten Streit, es ist alles meine Schuld, ich war so eifersüchtig auf Ivy. Und jetzt das. Ich fasse es nicht. Ich war so blöde … ich habe ihr nicht einmal zugehört.«

»Schon okay«, sagt Xander.

»Es ist überhaupt nicht okay. Ich muss herausfinden, was los ist.« Sie geht genauso, wie sie gekommen ist.

ZWEI TAGE ZUVOR

Ivy

Es ist immer noch dunkel, als ich aufwache. Mom und Kevin schreien einander an. Ihre Stimmen klingen wütend. Ich nicke irgendwann wieder ein. In meiner Erinnerung bin ich drei Jahre alt. In New York. Vornehme Wohnung. Dad schreit Mom an. Sie trägt Weiß: hochhackige Schuhe, ein Kleid, Perlen. Ihr Haar ist umwerfend schön. Sie kreischt.

Ich presse die Hände auf meine Ohren. *Bitte hör auf zu weinen.*

Jetzt höre ich Mom schluchzen: »Es tut mir leid, Kevin. Es wird nicht wieder vorkommen.«

Kevin scheint beruhigt zu sein, denn bald kann ich hören, wie er rhythmisch stöhnt. Ich ziehe das Kissen über meinen Kopf und falle erneut in einen unruhigen Schlaf.

Als ich aufwache, fällt mir Callie ein. Es war eine gute Idee, ihr zu sagen, was ich einmal zu tun versucht habe. Ich habe meinen Schmerz geteilt, und geteilter Schmerz ist halber Schmerz. Sobald ich meine Übungen gemacht habe, rufe ich sie an.

»Hast du Lust, mich im *Toxique* zu treffen?«

»Guten Morgen. Wow, du stehst ja früh auf.«

»Also, willst du mit mir shoppen gehen?«

»Klar. In den Laden am Pine Hill? Neben den Cup-Cakes?«, fragt Callie.

»Genau. Du läufst eigentlich ständig dran vorbei! Also, ich brauche ein Kleid für das *BEneath* heute Abend. Kommst du mit?«

»Ich kann nicht. Meine Mutter lässt mich bestimmt nicht.«

Was ist das nur dauernd mit ihrer Mutter? Ich war immer so höflich zu ihr, nett und an ihren Büchern interessiert. »Ich habe eine Frage.«

»Was denn?«

»Kann deine Mom mich immer noch nicht leiden?«

»So ist es nicht, Ivy.«

»Wie denn dann? Sie war mir gegenüber immer schon so komisch.«

Callie sagt nicht gleich etwas und dann: »Sie hat uns gesehen ...«

»Was?«

»Ähm, als wir noch jünger waren.«

»Ja und? Wir haben rumprobiert.«

»Das war es nicht ...«, antwortet Callie leise. »Es war mehr als nur das. Aber trotzdem, sie hasst dich nicht.«

»Wenn du das sagst.« Ihre Mutter tut immer so, als

wäre sie so total auf einer Wellenlänge mit jungen Leuten, so sensibel, künstlerisch, großherzig. »Wenn ich mir vorstelle, dass sie mich hasst, fühle ich mich mies.«

Callie sagt: »Das solltest du aber nicht. Es ist Moms Problem, nicht deines. Okay?«

»Okay.«

»Sicher?«

»Ja. Und ich finde bestimmt noch einen Weg, damit sie mich mag.«

»Lass ihr einfach ein wenig Zeit. Ich habe über das nachgedacht, was du mir erzählt hast ... was passiert ist. Als du ...«

»Das liegt jetzt hinter mir, Callie.«

»Na ja, ich meine nur, versprich mir einfach, wenn du dich je wieder, keine Ahnung, eben schlecht fühlst, dann sag es mir.«

»Ich fühle mich super. Vergiss nicht, neue Stadt, neues Leben.«

»Okay. Also dann ... bis heute Mittag.«

»Bis dann«, sage ich.

Ich sitze vor dem Spiegel. Das Gesicht, das mich daraus ansieht, ist verschlossen, die Kiefer angespannt, die Wangen gerötet. Was hat Callies Mutter bloß immer? Was ist ihr verdammtes Problem? Es ist schließlich nicht so, als ob alles meine Schuld war. Aber natürlich kann es ja niemals sein, dass ihre *perfekte Tochter* irgendetwas getan hat, oder? Es konnte nicht sein, dass ihre perfekte Tochter diejenige war, die zuerst mich geküsst hat. Ich entspanne jetzt bewusst meine Kiefer und denke an Badewasser, das abgelassen wird, das schmutzige Wasser läuft einfach ab. Immer wieder sage ich: *Ich bin schön, ich bin wertvoll.* Langsam glaube ich es.

Callie

Ivy und ich verabreden uns in dem Klamottenladen. Ich beende das Gespräch und lege mich wieder aufs Bett. Schließlich bin ich gerade erst aufgewacht. Mir geht ein Gedicht im Kopf herum, und ich spiele mit dem Gedanken, es tatsächlich aufzuschreiben, doch die Sätze sind noch verschwommen und entwischen mir, bevor ich sie einfangen kann.

Mom und Dad fragen mich, ob ich vielleicht am Vormittag babysitten könnte. Ich habe das eigentlich noch nie richtig gemacht, außer an dem Tag, als Granny stürzte, und sie kommen mir ziemlich nervös vor. Ich soll mein Handy nicht benutzen und Cosmo immer im Auge behalten. Als sie weg sind, gebe ich ihm eine Flasche. Er trinkt sie ziemlich schnell leer, dann spuckt er, also bade ich ihn, und er gluckst begeistert, als ich ihn ein wenig mit Wasser bespritze. Danach trockne ich ihn ab und ziehe ihn wieder an, und er kuschelt sich in meinen Arm und schläft ein, während ich ihm eine erfundene Geschichte über ein Mädchen, das fliegen kann, erzähle.

Mein Handy klingelt, und ich beeile mich ranzugehen, ohne Cosmo zu wecken. Es ist Rebecca.

»Was gibt's?«

»Nichts Besonderes«, sagt sie. »Tilly hat geschrieben. Sie hat sich in irgend so einen Park Ranger verliebt.«

Ich flüstere: »Wow!«

»Genau. Warum flüsterst du?«

»Cosmo schläft auf meinem Arm.«

»Dein Bruder? Der, den du nicht magst?«

»Ich mag ihn wohl.«

»Solltest du auch. Er ist süß. Hör mal, wir konnten bei der Beerdigung deiner Großmutter nicht richtig reden. Alles okay mit dir?«

»Denke schon.«

»Deine Granny war toll. Ich mochte die Geschichte, wie dein Großvater sie im karierten Hemd vom Bahnhof abgeholt hat und sie zu ihm sagte, er sähe wie ein Farmer aus. Und wie er dann gelacht und geantwortet hat, dass er genau das auch sei. Sie erzählte mal, sie hätten jahrelang darüber gelacht.«

»Ich vermisse sie«, sage ich.

»Ich habe Ivy bei der Beerdigung gesehen.«

»Ja. Wegen Ivy …«, sage ich. Ich stelle mir Rebecca vor, wie sie auf ihrer Fensterbank sitzt, die nackten Füße angezogen, einen aufgeschlagenen Skizzenblock neben sich.

Sie sagt: »Ich bin diejenige, die das Problem hat.«

»Nein. Es ist auch meine Schuld.«

»'kay. Es ist total auch deine Schuld.«

Ich lache.

Sie sagt: »Bleibt Ivy denn jetzt für immer?«

»Ich hoffe es.«

»Dann muss ich wohl auch mal was mit ihr zusammen machen.«

»Sie hatte eine echt schwierige Zeit, Becs. Sie könnte im Augenblick Freundinnen gebrauchen.«

»Klar.«

»Weißt du was? Wir treffen uns in ungefähr einer Stunde im *Toxique* zum Shoppen. Komm doch mit.«

Sie seufzt.

»Komm schon.«

»Ich kann nicht … heute nicht. Aber vielleicht das nächste Mal.«

»Was ist denn los?«

»Ach, das *Toxique* ist einfach nicht … mein Ding.«

»Warst du schon mal drin?«

»Ich muss Schluss machen, Callie. Ich rufe dich morgen wieder an.« Sie legt auf, bevor ich mich noch verabschieden kann.

Ich möchte mein Handy am liebsten auf den Couchtisch knallen, aber das würde Cosmo wecken. »Wow, Kleiner«, flüsterte ich, »das Leben ist ziemlich kompliziert geworden.«

Ivy wartet vor dem *Toxique*. Als sie mich sieht, winkt sie und umarmt mich ganz fest, sobald ich sie erreicht habe.

»Für deine Mutter war es also okay, dass du mich triffst?«

»Klar. Aber es tut mir leid, dass ich ein wenig zu spät komme. Ich musste auf Cosmo aufpassen, und meine Eltern sind eben erst zurückgekommen.«

»Kein Problem.«

»Vielleicht kommst du einfach mal zu mir und wir könnten … na ja, du und Mom, ihr könntet euch eben besser kennenlernen.«

»Es ist ja nicht so, als hätte sie noch nie Zeit mit mir verbracht.«

»Stimmt, aber damals waren wir anders.« Noch während ich das sage, frage ich mich, wie anders wir damals wirklich waren, wie anders ich genau war. Eine bestimmte Situation hat sich in meine Erinnerung eingebrannt: Das erste Mal, als ich Ivys Gesicht angetippt und zu mir heruntergezogen habe. Damals war mein Gesicht gerötet vor Verlangen, Sehnsucht und Furcht. Ich war kühn gewesen.

Jetzt folge ich Ivy in den Laden, in dem ich vorher noch nie war. Er ist klein und eher eine Boutique, viel zu teuer für mich. Die Kleidungsstücke sind winzig und wunderschön, alles mit Spitze und sehr filigran. Beinahe wie Unterwäsche. Der ganze Laden riecht nach Lavendel, und im Hintergrund spielt Jazzmusik.

Ich fahre mit den Fingern über ein Paar silberne High Heels, dann entdecke ich das Preisschild und mache einen Schritt zurück. Ivy nimmt sie in die Hand.

»Die sind perfekt. Danke, Callie, du hast einen guten Blick. Zusammen mit meinem Kleid werden die hier heute Abend im *BEneath* jeden umhauen.«

»Ich wünschte, ich könnte mitkommen.«

Sie dreht sich zu mir und macht einen Schmollmund. »Was? Du kannst wirklich nicht kommen? Aber du musst.«

»*BEneath* geht auf keinen Fall.«

»Was ist, wenn ich rüberkomme und mit ihr rede?« Sie streift ihre Schuhe ab und probiert die silbernen an.

»Sie lässt mich heute mit dir tagsüber was unternehmen, aber sie wird mich niemals abends in eine Bar lassen. Das hat gar nichts mit dir zu tun, so ist es einfach. Außerdem wird Kurt ja mit dir dort sein.«

»Ja, vielleicht. Oder auch nicht. Er hat … ich glaube, seit der Party, na ja … er hat sich eigentlich nicht mehr gemeldet.«

»Nein? Ich dachte, zwischen euch beiden fängt etwas an.«

»Ja, stell dir vor!« Sie verzieht das Gesicht.

»Das ist ja doof.«

»Deshalb brauchte ich das perfekte Kleid … genau wie das hier. Dann wird ihm klarwerden, was ihm entgeht. Nichts mehr mit seinem bescheuerten ›Lass uns einfach Freunde sein‹.«

»Das hat er gesagt?«

»Er meint es nicht so.« Sie tänzelt mit dem Kleid in der Hand an mir vorbei, und mir fällt wieder ein, wie sie am ersten Tag nur in Unterwäsche durchs Zimmer tanzte.

Ich folge Ivy nach hinten. Die einzige Verkäuferin – gekleidet, als käme sie direkt aus einem Science-Fiction-Film – öffnet die Tür zur Umkleidekabine. Ivy schlüpft mit dem Kleid hinein und lässt ihre Tasche bei mir. Ich gehe ein paar Schritte zu einem Ständer voller herrlich glitzernder Kleider. Kleider, die ich nie, niemals besitzen würde. Unwillkürlich stelle ich mir vor, wie Ivy sich umzieht und aus ihrem Kleid schlüpft.

Aus Ivys Tasche höre ich ihr Handy klingeln. Ich greife hinein, um das Handy herauszuholen und an sie weiterzugeben. Da sehe ich auf dem Display den Anrufer angezeigt. Oder besser gesagt, die Anruferin: *Isabel Cabezas*.

Isabel ist *tot*. Das hat Ivy mir erzählt.

Ich nehme das Gespräch an.

Eine Mädchenstimme sagt: »Ivy?«

»Isabel?«, flüstere ich. »Isabel Cabezas?«

»Wer ist dran?«, fragt eine Stimme scharf.

»Ähm, ich bin eine Freundin von Ivy.« Dann füge ich hinzu: »Ich verstehe das alles nicht. Sie sagte …«

»Richte ihr aus, dass sie mir mein Portemonnaie zurückschicken soll.« Mir fällt der Ausweis in meiner Jeanstasche ein. Isabels Ausweis. Das Mädchen – Isabel – sagt: »Gestern Abend hat sie Diego angerufen.«

»Diego?«

»Sag ihr, sie soll sich verdammt noch mal von meinem Freund fernhalten.«

Ivy ruft aus der Umkleidekabine: »Callie, bist du da?«

Ich flüstere: »Ich muss Schluss machen«, und beende den Anruf, meine Gedanken rasen. Ich stecke das Handy zurück in die Tasche und gehe zur Kabine, die Ivy eben verlässt.

Sie sieht umwerfend aus und dreht sich vor mir einmal im Kreis. Ich stoße bewundernde Ausrufe aus, aber ich kann nicht aufhören, über das nachzudenken, was ich gerade gehört habe. Ein Schaudern überkommt mich, als hätte ich mit einem Geist gesprochen. Ich dachte, das Mädchen sei tot – Ivy sagte, sie sei tot, dabei war sie eben quicklebendig am anderen Ende der Leitung gewesen.

Ich unterbreche Ivys Vorführung mit einer Lüge. »Ähm, meine Mom hat gerade angerufen. Ich muss los. Es tut mir leid. Und heute Abend schaffe ich es bestimmt nicht.«

»Callie, bitte komm doch. Ich brauche dich.«

»Ich muss wirklich los.« *Isabel ist am Leben. Du hast mich angelogen. Du hast mir gesagt, sie sei tot.*

Sie nimmt ihre Tasche und schaut auf ihr Handy. »Bist du da rangegangen?«, fragt sie.

»Nein«, kommt es automatisch aus meinem Mund.

»Lüg mich nicht an«, sagt Ivy. »Ich sehe doch auf der Anrufliste, dass du das getan haben musst.«

»Ivy, ich bin nur … es ist … irgendwie schwierig zu … Es war *Isabel.*«

»Und? Dann ist es in Ordnung zu lügen?«

»Ivy …« Ich stütze mich an einem Kleiderständer ab.

»Du hast mir gesagt, sie sei *tot.*« Dieses letzte Wort spreche ich ganz leise aus.

Eine lange Pause folgt, bei der ich Ivys Gesichtsausdruck überhaupt nicht interpretieren kann. Dann fragt sie: »Wann habe ich das gesagt?«

»Was meinst du mit *wann*? Auf Kurts Party natürlich.«

»Was habe ich gesagt?«

»Du hast allen erzählt, dass Isabel gestorben ist, als ihr einen Motorradunfall hattet … dass sie in deinen Armen gestorben ist.«

Ivy lacht. »Das ist verrückt, Callie. Isabel ist nicht tot. Sie ist …« Jetzt bemerkt Ivy meinen Gesichtsausdruck und wird ernst. Sie sagt: »Ich war *betrunken* auf der Party. Und bekifft. Ich wollte wahrscheinlich lustig sein oder cool oder sonst was.«

»Du hat gesagt …«

»Sie ist nicht *gestorben*. Aber egal. Ich weiß nicht mehr, was ich gesagt habe. Aber jetzt bin ich ehrlich, echt, und du musst mir glauben. Eigentlich hatte alles mit Diego angefangen. Er war süß und supernett, und er liebte mich. Und dann hat Isabel ihn mir weggenommen.«

»Sie sagte, er sei *ihr* Freund. Und sie sagte, du sollst ihr Portemonnaie zurückschicken und dich fernhalten …«

»Isabel verdreht alles, damit sie sich besser fühlt. Du hast sie noch nie getroffen, aber mich *kennst* du. Warum hörst du überhaupt auf sie?«

Ich sehe Ivy an und überlege. Wahrscheinlich mache ich viel zu viel Wind um das Ganze. Ich habe mich heute nur so merkwürdig in Ivys Nähe gefühlt. Gar nicht wie ich selbst.

Ivy wiederholt leise: »Du *kennst* mich, Callie. Ich war einfach nur high. Bitte?«

Ich nicke. »Es war echt merkwürdig, mit ihr zu sprechen.«

»Kann ich mir vorstellen.«

»Keine Geheimnisse mehr, 'kay?«, sage ich.

Sie wirft mir einen komischen Blick zu, aber so kurz, dass ich nicht einmal sicher sein kann, ob ich ihn mir nicht nur eingebildet habe, und antwortet: »Bestimmt keine Geheimnisse mehr.«

Nach dem Shopping mit Ivy verbringe ich den restlichen Tag zu Hause und sehe Fotos von Granny durch. Mir fällt auf, dass wir uns sehr ähnlich gesehen haben, als Granny noch jung war: das gleiche Kinn, die gleichen Augen und die gleiche Verlegenheit. Und ich bemerke noch etwas: Granny war richtig hübsch.

Ich checke mein Handy und entdecke eine Nachricht von Kurt:

Willst du die Ideen für die Porträts durchgehen?

Mom kommt herein, also schreibe ich nicht zurück. Sie gibt mir Cosmo, und ich lasse ihn auf meinem Schoß herumhopsen, wobei er mit seinen Patschhänden tapsig nach meinem Mund greift. Er neigt den Kopf, um mich anschauen zu können. Ich sehe auf ihn herunter, und er strahlt übers ganze Gesicht. Wer hätte gedacht, dass ich so lustig sein kann!

Dad kommt nach Hause und besteht auf einem Filmabend mit der ganzen Familie. Dabei müssen wir immer gewaltlose Zeichentrickfilme ansehen, weil Mom und Dad nicht wollen, dass Cosmo sich aufregt, obwohl er so klein ist, dass ich nicht mal sicher bin, ob er den Fernseher überhaupt sehen kann. Ich sitze da und tu so, als gefiele mir der Film. Die anderen drei sitzen zusammen auf einem Sofa, ich sitze allein auf dem anderen. Mir fällt Ivy ein, die sich jetzt sicher fertig macht, um ins *BEneath* zu gehen, und später stelle ich mir vor, welch einen spektakulären Auftritt sie dann dort in der Bar hat.

Der Film ist zu Ende, und Dad sagt: »Ich dachte ja, der Name der Muse von Poesie und Erzählkunst sei ein perfekter Name für meine Tochter, aber inzwischen bin ich mir nicht mehr so sicher.«

»Wieso?«

»Calliope war weise, ehrlich und tapfer. Die weiseste der Musen ... aber vielleicht hätten wir dich stattdessen nach einem anderen Charakter nennen sollen, wie ...«

»Lass uns nicht den Abend verderben«, sagt Mom und legt eine Hand auf seinen Arm. Sie muss meinen Gesichtsausdruck bemerkt haben.

Er zieht sie an sich. »Was immer du sagst, meine Schöne. Gib mir einen Schmatzer.«

Der Rest der Familie geht schlafen, also gehe ich in mein Zimmer und ertappe mich dabei, an eine in einem Haus gefangene Fliege zu denken. In meinem Kopf stelle ich das Wort *schroff* neben das Wort *Flucht* und denke über den Ausdruck *seine Deckung aufgeben* nach. Die Worte fügen sich vielleicht zu einer Art Gedicht. Ich wühle auf meinem Schreibtisch. Wenn ich ein leeres Blatt Papier finde, könnte ich *tatsächlich* schreiben. Stattdessen fällt mir ein altes Foto von Ivy und mir in die Hände. Es ist das gleiche, das sie in ihrem Zimmer hatte, auf dem wir beide uns umarmen, und ich kann von meinem Gesicht ablesen, dass ich total glücklich bin, und zwar so sehr, dass ich fast nicht wiederzuerkennen bin. Beim Betrachten des Fotos wird das Gedicht in meinem Kopf von den Gedanken an Ivy verdrängt. Wie ihr Mund schmeckte, wie ihr Haar nach Vanille riecht und wie weich ihre Haut ist. Gedanken, die ich seit

Jahren nicht hatte. Gedanken, die ich seit Jahren nicht zugelassen habe. Gedanken, die ich anscheinend jetzt nicht mehr aufhalten kann. Ich sehe sie noch in ihrem Kleid im *Toxique* vor mir, erinnere mich an ihre Traurigkeit, als sie mir von ihrem Selbstmordversuch erzählte. Eine kleine Stimme in meinem Hinterkopf sagt: *Vorsicht, Callie*. Aber das hält mich nicht davon ab, daran zu denken, wie Ivy versucht hat, mich bei Kurts Party zu küssen. Und hatte Ivy nicht erwähnt, dass es mit Kurt nicht wirklich gut lief? Sie versuchte, *mich* in der Nacht seiner Party zu küssen – hat das nicht auch etwas zu bedeuten? Ich könnte mich aus dem Haus schleichen, den Baum hinunterklettern und mit ihr zusammen sein. Aber dann fällt mir Moms Gesicht ein, als Granny gestorben war, und ich weiß, dass ich nicht gehen kann.

Ich *kann nicht*.

Außer, dass ich auch nicht zu Hause bleiben kann.

Ich schlüpfe in das silberne Kleid, das Ivy mir gegeben hat. Seidig und sinnlich umhüllt es meinen Körper. Meine Haut kribbelt, als ob eine winzige Spinne über meine Oberschenkel kriecht. Nachdem ich mein Fenster geöffnet habe, werfe ich ein Paar nicht ganz so hohe High Heels und meine Handtasche hinunter auf die Erde. Ein Teil nach dem anderen schlägt unten auf, der Inhalt meiner Handtasche fällt heraus, und ich lausche auf einen Laut von meinen Eltern oder von Cosmo. Eigentlich müssten sie doch irgendetwas gehört haben, aber ich nehme nur den weichen Atem der Nacht und das Rascheln von Blättern wahr, als ich mich aus dem Fenster schwinge und über die Äste nach unten klettere, um wie eine Katze im Gras zu landen.

Es ist warm an meinen Füßen. Die Nacht ist wie ein Pfirsich, flaumig und köstlich auf meiner Zunge. Ich schlüpfe in meine Schuhe und überprüfe, ob ich Isabels Ausweis in meiner Tasche habe. Irgendwie finde ich es gruselig, den Ausweis eines toten Mädchens, das doch nicht tot ist, in meinem Besitz zu haben, und schnell stecke ich ihn wieder in mein Portemonnaie zurück. *Denk nicht darüber nach! Geh einfach!* Das schlechte Gewissen schlüpft an die Stelle, die zuvor das merkwürdige Gruselgefühl besetzt hatte, und ich blicke zu meinem Fenster zurück. Mom wäre so unglaublich sauer, wenn sie wüsste, was ich mache. Ich lasse das Haus hinter mir zurück, die Nacht und den Sommer in meinem Haar.

Ich laufe ein paar Blocks, biege um die Ecke und sehe das *BEneath* vor mir. Es kommt mir vor, als wäre es Geisterstunde, die Zeit, in der alles möglich ist. Rhythmische Musik dringt von drinnen heraus, und ich bleibe im Schatten stehen.

NEUN

31. JULI

Kurt

Xander sieht Rebecca Lane nach, wie sie den Krankenhausflur entlanggeht. Ich trommle mit den Handflächen auf meine Oberschenkel, ruhelos. Keine Ahnung, wie viel Zeit vergangen ist – es könnten Minuten oder Stunden sein. Ich scheine mein Handy verloren zu haben, also kann ich nicht nachsehen. Die Welt hat aufgehört, Sinn zu ergeben.

Ich muss wieder an meine leibliche Mutter denken, als ich mit vierzehn auf dieser Party so völlig betrunken war. Sie sah mich. Starrte mich an. Dann ließ sie die Hand des Typen fallen und schob sich zu mir rüber. Griff meinen Arm. Meine leibliche Mutter ist eine zierliche Frau, aber ihr Griff war fest. Sie sagte: »Krieg deinen Scheiß geregelt, Junge.«

»Du hast es nötig, mir das zu sagen«, sagte ich, oder irgendetwas in der Art. Ich kann mich nicht mehr genau daran erinnern, aber ich weiß, dass das Sprechen mir schwerfiel. Meine Zunge fühlte sich riesig in meinem Mund an. Mein Rausch war am Abklingen.

Ich erinnere mich, was sie als Nächstes sagte. Ganz genau. »Du kannst es besser machen, Kurt.« Sie nahm eine Lederschnur, an der ein Silberdollar hing, von ihrem Hals und hängte sie mir um. »Du kannst es *besser* machen.«

»Wenn du meinst.«

Aber ihre Worte kamen bei mir an. Und in mir passierte etwas. Seitdem trage ich diesen Silberdollar.

Xander stützt den Kopf in den Händen auf. Als sei er zu schwer für seinen Hals, um ihn weiter obenzuhalten. Ich möchte ihm sagen, dass alles in Ordnung ist, aber das stimmt nicht. Anders als meiner Mutter fallen mir nicht die richtigen Worte für diesen Moment ein. Die richtigen Worte existieren nicht.

ZWEI TAGE ZUVOR

Ivy

Ich sehe die Jungs in der Nische im *BEneath*. »Hey, Kurt, Xander, alle zusammen.«

Kurt sagt: »Hey. Hast du nicht gesagt, Callie wollte heute Abend mitkommen?« Er setzt seine Bierflasche zum Trinken an.

»Ja, tja, sie schafft es doch nicht ...« Warum fragt er nach ihr? Vielleicht ist auf seiner Party, als ich high war, etwas zwischen den beiden gelaufen. Ist er *deshalb* nicht mehr an mir interessiert?

Ich hole tief Luft. Voreilige Schlüsse zu ziehen ist, wie Gift zusammenzubrauen. Ich gehe zur Bar und komme mit Tequila-Shots zurück. Kippe einen und teile die anderen aus. »Lasst uns feiern«, sage ich und hebe ein zweites Glas an den Mund. Der Drink brennt in meiner Kehle. In Gedanken sage ich mir: *Ich bin nicht wie meine Mutter. Ich habe einfach nur Spaß.* Ich rutsche neben Kurt auf die Bank.

»Also, warum fragst du nach Callie?«

Er schüttelt den Kopf. »Nur so.«

Ich merke, dass er etwas verbirgt. Es passiert schon wieder! Tränen steigen in meine Augen. Verdammt.

Die Kerle hassen es, wenn Mädchen weinerlich werden. Krampfhaft suche ich nach etwas, was ich sagen kann, und mir fällt nichts Besseres ein als: »Weißt du, ich wünschte, ich hätte nichts über die ganze Sache mit Isabel gesagt.«

»Klang ziemlich hart.«

Und auch wenn ich noch vor einem Moment vorhatte, ihm die Wahrheit darüber zu sagen – nicht, dass ich mich wirklich an das erinnere, was ich auf der Party gesagt habe –, ändere ich meinen Plan. So wie Kurt mich gerade ansieht, so freundlich, so mitfühlend, fast zärtlich, das bringt mich dazu zu sagen: »Du hast ja keine Ahnung, wie es ist, jemanden zu verlieren, den man liebt.« Es ist nicht direkt eine Lüge. Mehr Tequila. Ich *sollte* ehrlich sein, aber er ist jetzt ganz auf mich konzentriert und hört mir zu. Ich flüstere: »Ich brauche eine Zigarette.« Meine Augen werden wieder feucht.

»Klar. Gehen wir raus.«

Draußen stehe ich im silbernen Licht des Kneipenschilds, und er gibt mir eine Zigarette, zündet danach seine eigene an. Er bläst einen Rauchring. Dann noch einen.

Der Tequila muss mir zu Kopf gestiegen sein. Die Worte kommen einfach aus meinem Mund: »Wir könnten es schaffen, dass es funktioniert, weißt du.«

»Ich habe es dir bereits gesagt, Ivy.«

Er dreht den Kopf weg. In diesem Moment sehe ich Callie im Schatten.

Was macht sie hier? Ist sie hinter *Kurt* her? Läuft etwas zwischen den beiden? Nein. Das würde sie mir nicht antun. Ich weiß, wie ich das hier hinbiegen kann – das letzte Mal gefiel es ihm, mich zu küssen. Ich strecke die Hand aus, drehe sein Gesicht zu mir und küsse ihn federleicht.

»Ivy«, sagt er – und schüttelt mich ab. *Er schüttelt mich tatsächlich ab!*

»Alles okay, Kurt. Entspann dich einfach.«

»Das ist nicht lustig.«

»Kurt, ich denke wirklich, wir könnten es schaffen ...« Ich kann hören, wie ich weinerlich werde. Klammernd. Jungs *hassen* das.

Er lässt mich los und geht weg, seine Schuhe kommen leise auf dem Gehsteig auf. Ich blicke hinüber in den Schatten, verzweifelt, aber Callie ist auch verschwunden. Mein Herz ist in Tausende winzige Stücke zerrissen, bereit, in den Müll geworfen zu werden. Warum nur passiert mir das immer wieder?

Wenige Schritte von der Schlange derjenigen entfernt, die plaudernd darauf warten, ins *BEneath* zu kommen, spricht Kurt mit ihr. Ivy – goldenes Haar, weißes, enges Kleid, glitzernde High Heels, umwerfend. Sie schaut kurz in meine Richtung, aber ich glaube nicht, dass sie mich gesehen hat. Ich bleibe im Dunkeln und beobachte sie, während sie rauchen. Kurt gestikuliert, er hebt eine Hand und senkt sie wieder, als ob er etwas erkläre. Ivy drückt sich an Kurt wie ein Kätzchen. Seine Hände fahren nach oben, als sei er schockiert.

Ihr Mund auf seinem.

Und als sie ihn küsst, wird mir alles klar. O mein Gott. Ich bin in Ivy verliebt, ganz wahnsinnig, entsetzlich, unglaublich verliebt. Das Gefühl ist so intensiv, dass ich zurückweiche. Und dann laufe ich davon, in die Sicherheit des Baumes, der mich nach oben in den Hafen meines Hauses bringen wird, wo ich wünschte, ich könnte wieder einfach nur die gewöhnliche, ausgeglichene, *normale* Callie sein. Die Callie, deren größtes Problem es war, mit ihren völlig von ihrem neuen Baby in Anspruch genommenen Eltern klarzukommen oder welchen Roman sie als Nächstes lesen sollte.

Als ich vom *BEneath* nach Hause komme, sitzt Mom mit Kevin auf dem Zweiersofa. Sie sagt: »Oh, langer Abend?«

Ich hebe kaum den Blick.

Begeistert meint sie: »Genau wie ich früher.« Sie kichert und winkt mich zu sich. »Komm doch zu uns, Schnecke.«

»Ich bin irgendwie müde. Wie du selbst gesagt hast, es ist spät.«

»Ach, Ivy, Schatz, nur ein paar Minuten. Wir haben auf dich gewartet, weil wir dir was sagen wollen.«

Kevin beugt sich auf seinem Platz vor. »Tatataa! Es gibt bei uns große Neuigkeiten!«

»Was denn?«

Mom zeigt mir ihre Hand. Ein riesiger Diamantring glitzert an ihrem Ringfinger.

»Ist das …?«

Kevin schwärmt: »Sie hat eingewilligt, meine Frau zu werden!«

»Oh.«

Mom sagt: »Ist der Ring nicht einfach toll?«

Ich kann gar nichts sagen. Mir dreht sich der Kopf.

Ihre Stimme wird gefährlich leise. »Kannst du dich nicht einfach für mich freuen? Wenn du wüsstest, was ich für dich aufgegeben habe … ich hätte ein Model werden können, aber nein, ich war schwanger, und so habe ich das Richtige getan. Anders als dein Vater …«

»Fang nicht damit an, Mom. Vielleicht hatte ich einen schlechten Abend, okay?«

»Geh auf dein Zimmer, junges Fräulein«, platzt Kevin heraus.

»Was? Ihr beide wollt nicht mal hören, was mit mir los ist?«

Er sagt: »Du machst uns alles kaputt.«

»Es ist nie dein Problem, stimmt's, Mom?« Meine Hände zittern.

»Halt die Klappe!«, schreit sie.

Als ich nach oben gehe, sage ich noch über meine Schulter: »Ich kann nicht mehr so weitermachen … ich versuche immer und immer wieder mein Bestes zu geben, aber nie geht etwas so, wie ich es will.«

Ich bleibe cool, bis ich in meinem Zimmer bin. Dort ziehe ich die Vorhänge zu und schäle mich aus meinem Kleid. Dann mache ich fünfzig Kniebeugen und noch einmal fünfzig. Zweihundert Sit-ups. Siebzehn Liegestützen. Ich bin schweißüberströmt, aber nicht gebrochen. Achtzehn. Sie werden mich nicht brechen. Neunzehn. Das wird nicht passieren. Ich lasse mich fallen, mein Gesicht landet auf dem Teppich, dessen

Flor gegen meine Nase drückt. Und ich weiß, diesmal komme ich nicht mehr vom Boden hoch. Nicht noch einmal.

EIN TAG ZUVOR

Callie

Am nächsten Morgen, nachdem ich gesehen habe, wie Ivy vor dem *BEneath* Kurt geküsst hat, muss ich einfach aus dem Haus. Ich sage Mom, dass ich spazieren gehe und marschiere hinunter zum Fluss, denke an meine Granny und an Ivy.

Ich überquere die Brücke, nehme im Vorbeigehen die breit aufgestellten orangefarbenen Verkehrskegel wahr und die zusammengezimmerten Bretter, mit denen die reparaturbedürftigen Leitplanken abgeschirmt werden, die provisorische Verkehrsampel, und ein großes Schild, auf dem steht: BEI ROT BITTE HIER WARTEN!

Ich weiß nicht, wohin ich gehe, bis ich bei der Galerie ankomme. Ich stoße die Tür auf und spüre die kühle Luft der Klimaanlage und die noch kühlere

Stille. Schließlich finde ich mich vor dem Gemälde der in der Ecke zusammengesunkenen Frau in Weiß wieder. Ich starre sie eine ganze Weile an, und mir wird klar, dass sie mich jetzt nicht an Ivys Mom, sondern an Ivy selbst erinnert. Dann verlasse ich die Galerie wieder, halte an und setze mich auf eine niedrige Bank – und fange an zu weinen. Ich weine um Ivy und meine albernen Gefühlen für sie, weine um meine Großmutter, um meine Mutter, weine wegen meines eigenen Verhaltens, einfach wegen allem.

Da höre ich Schritte im Gras auf mich zukommen. Ich sehe Turnschuhe, Jeans, ein Kapuzenshirt. Kurt. Ich bin eine völlige Katastrophe, das ganze Gesicht tränenverschmiert, wahrscheinlich überall verschmierte Wimperntusche. Ich wische über mein Gesicht und sage: »Meine Güte, das ist ja so peinlich.«

Er setzt sich zu mir. »Was ist denn los?«, fragt er.

»Alles.«

»Was denn zum Beispiel?«

»Meine Granny. Ivy. Ihr beiden. Gestern Abend.«

»Was?«

»Vor dem *BEneath*. Ich habe dich mit Ivy gesehen.«

»Du warst dort?«, sagt er. »Es war nicht, was du denkst.«

»Sie mag dich. Das ist in Ordnung, ich habe schon verstanden.«

»Du hast es falsch verstanden.«

»Ich habe euch *gesehen*.«

»Du hast *sie* gesehen. Wie sie mich küsste. Ich will keine Beziehung mit ihr. Das habe ich ihr auch gesagt.« Er legt seine Hand über meine. Seine Handfläche ist heiß und feucht. Seine Augen glänzen.

Auf einmal fügt sich ein ganzes Puzzle ineinander. Kurt, als er versuchte, mit mir in der Galerie zu reden und auf seiner Party. Ich sage: »Nein, Kurt, das ist nicht das, was ich meine ...« Ich ziehe meine Hand zurück.

Kurt atmet tief aus. »Du bist schön und du bist klug. Und, ja, ich ... ich kann nicht aufhören, an dich zu denken.« Leise fügt er hinzu: »Ich hätte es dir sagen sollen. Vorher. Schon lange. Ich hätte niemals das mit Ivy ... Hör mal, ich habe versucht, dir das bei meiner Party zu sagen. Du hast mich abgebügelt, also weiß ich einfach nicht, ob du Interesse hast oder nicht. Als ich dich hier gesehen habe, da ... da musste ich es dir einfach sagen. Ich kann ... blöderweise ... nicht aufhören ... zu reden.«

Unmöglich. Das läuft alles total schief. Ein Satz kommt mir in den Sinn: *Worte wie Fische im Fluss.* »Es ist nicht wegen dir ...«

Er nickt. »Ich verstehe schon. Wirklich. Du denkst, ich bin nicht gut genug für jemand wie dich.«

»Kurt! So ist es bestimmt nicht.«

»Sorry. Ich bin ... was auch immer. Ich hab jedenfalls verstanden.«

»Ich weiß nicht, ob *ich* es überhaupt noch verstehe«, entgegne ich. »Weißt du ... es ist in Wirklichkeit meinetwegen, nicht deinetwegen. Ich denke, ich bin vielleicht, na ja ...«

»Was denn?«

»O Gott«, sage ich und muss mich räuspern. Ich denke daran, wie Ivy mich vor drei Jahren über den ganzen Bauch geküsst hat, wie sie eine kurze Pause gemacht hat, bevor sie wieder nach oben kam, um mich ganz fest auf den Mund zu küssen. Ich denke an Moms Gesicht, nachdem Ivy fort war, als sie mir sagte, sie hätte Ivy und mich zusammen gesehen. Mom war so wütend. Ich sage zu Kurt: »Hör mal, Ivy und ich, wir haben so etwas wie ... eine Vergangenheit. Ich glaube, ich habe mir selbst vorgemacht, dass es weniger bedeutete, als ich dachte. Ich muss selbst erst noch eine Menge herausfinden.«

»Eine Vergangenheit?«

»Ja. Na ja, dass wir ...vielleicht mehr als Freundinnen waren. Glaube ich.«

Er ist ganz still. Dann sagt er: »Das habe ich nicht erwartet.«

»Ich reime mir selbst gerade erst alles zusammen.«

»Also … bist du lesbisch?«

»Ich weiß nicht, was ich bin. Vielleicht. Was immer ich bin, ich empfinde jedenfalls etwas für Ivy.«

Keiner von uns beiden sagt einen Moment lang irgendetwas. Ich frage mich, ob er wohl weggehen wird, ob das, was ich gerade gesagt habe, bei ihm den Wunsch auslöst zu gehen.

Nach weiterem längerem Schweigen sagt er: »Das ist okay. Eine Überraschung. Aber total okay.«

»Ehrlich?«

»Hör mal, wollen wir jetzt vielleicht einen Kaffee trinken gehen? Irgend so was. Und über die Schülerzeitung reden?« Er fügt hinzu: »Ich bin in solchen Sachen nicht besonders gut. Hab ich schon mal gesagt, weißt du noch?«

Ich nicke.

Wir gehen in das neue Frühstückscafé, setzen uns an einen Tisch und teilen uns eine Zimtschnecke mit einer Tasse Kaffee für jeden von uns. Ich kann nicht anders und muss mehr als meine Hälfte essen, reiße klebrige Streifen von der Zimtschnecke ab und stecke sie einen nach dem anderen in den Mund. Kurt geht los und kauft uns noch eine zweite. Als er damit zurückkommt, sage ich: »Tut mir leid, aber sie schmeckt einfach richtig lecker.«

»Du brauchst dich nicht zu entschuldigen. Es muss

dir nicht leidtun.« Und er meint nicht die Zimtschnecken.

»Ich habe aber das Gefühl, als müsste ich mich entschuldigen. Eigentlich bin ich aber vor allem total durcheinander.«

»Das erklärt vieles.«

»Ja? Was denn zum Beispiel? Zum Beispiel, dass ich nichts von dir will?«, sage ich leicht dahin und mein plumper Scherz scheint ihn aufzumuntern.

Er grinst. »Genau.«

»Zwischen mir und Ivy wird nichts passieren. Sie steht total auf dich.«

Er schüttelt den Kopf. »Aber mit ihr und mir, das wird nichts. Wenn ich an meine Party denke, als sie high war … sie ist einfach zu sehr wie meine leibliche Mutter.«

Auf diese Bemerkung gehe ich nicht mehr ein. Stattdessen sprechen wir über das Fazit meines Artikels, dass der Name unseres Fußballteams – Redmen – überholt und rassistisch ist. Kurt findet es gut, dass ich das Thema von verschiedenen Standpunkten aus beleuchtet und auch »schwierige Fragen« gestellt habe. Ich sage: »Das polstert mein Ego auf. Danke.«

»Du kannst gut schreiben. Das weißt du, oder?«

»Vielleicht ein bisschen. 'kay, lass uns jetzt über etwas anderes reden.«

Kurt bringt mich nach Hause. Als wir vor meiner Haustür ankommen, klingelt mein Handy. Es ist Ivy.

Ich blicke hinüber zu ihrem Haus, und da steht sie am Fenster und starrt zu mir herunter. Sie trägt Weiß und sieht aus wie ein Geist. Ich hebe meine Hand und winke ihr zu.

Kurt sagt: »Geh nur ran. Ich muss sowieso weiter. Aber mein Dad bringt mich morgen in die Stadt – er muss das Auto reparieren lassen. Ich könnte vorbeikommen. Wir könnten noch mal über die Ideen für die Porträts sprechen. Wir haben schon über viel geredet …« Er kratzt sich am Hinterkopf und grinst, »aber nicht über die Porträts.«

»Okay, super.«

Sobald ich ans Handy gehe, das immer noch klingelt, sagt Ivy: »Kommst du rüber?«

Ich weiß nicht, ob ich sie jetzt sofort treffen möchte. Ich sehe ihr Gesicht vor mir, wie sie sich gestern Abend zu Kurt hochgestreckt hat, um ihn zu küssen. Ich wünschte, sie würde mich so ansehen, aber das wird nicht passieren. Es hat ihr vor drei Jahren gar nichts bedeutet. Ich muss meinen Kopf freikriegen.

»Ich war den ganzen Vormittag unterwegs … und bin ziemlich kaputt. Wie wäre es morgen?«

»Klar.« Durch das Glas kann ich ihren Gesichtsausdruck nicht richtig erkennen.

Ich winke ihr noch einmal zu, aber dann drängt sich mir derart heftig die Vorstellung von uns beiden zusammen auf, dass ich nichts anderes mehr denken kann, und ich sage schnell: »Ich muss Schluss machen.«

ZEHN

31. JULI

Kurt

Ivys Mutter taucht allein am Ende des Flurs auf. Sie läuft schnell und ruft: »Gute Neuigkeiten!« Sie rüttelt Xander wach. »Ivy ist zu Bewusstsein gekommen. Ich habe sie gesehen.«

Xander wartet.

Ich warte.

Etwas stimmt einfach nicht.

Xander sagt: »Gibt es Neuigkeiten über Callie? Sie war auch im Auto.«

Gott sei Dank hat er gefragt.

Ivys Mutter schweigt. Dann sagt sie: »Sie haben Callie noch nicht gefunden, Xander. Ich dachte, das wüsstest du. Sie ist nicht im Krankenhaus.«

Callie. Sie ist nicht hier.

EIN TAG ZUVOR

Ivy

Ich winke Callie durchs Fenster zu, während ich mit ihr telefoniere. Was hat sie denn noch vor zwei Minuten mit Kurt *gemacht*?

Ich frage: »Kommst du rüber?«, und hole tief Luft. Erfülle mich selbst mit Licht.

»Ich war den ganzen Vormittag unterwegs … ich bin irgendwie müde. Wie wäre es morgen?« Sie klingt angespannt.

»Klar.« Ich warte darauf, dass sie Kurt erwähnt. Das tut sie aber nicht, sondern beendet schnell das Gespräch. Als sie ins Haus gegangen ist, bleibe ich noch am Fenster stehen, lehne meinen Kopf gegen das Glas.

Ich weiß, was ich gesehen habe. Ich habe es schon einmal gesehen, in Kansas City, als Diego die Hand eines anderen Mädchens hielt. Ich habe mir noch einreden wollen, es gäbe eine Erklärung. Aber sie liefen zu nah beieinander. Sie hob das Gesicht, um ihn zu küssen. Und da wusste ich, dass es nicht das erste Mal war.

Ich habe ihn geliebt. Ich habe auch meinen Dad geliebt. Bis er meine Mom verlassen hat und nach Paris gezogen ist, um dort ein schönes Leben zu leben. Er sagte mir einmal, er hätte gewusst, dass die Beziehung mit Mom niemals funktionieren würde. Sie hatte getrunken, bevor er gegangen war. Aber ich wusste, dass er log.

Das Fenster ist kalt. Mir ist kalt, trotz der Sommerhitze. Ich zittere.

Callie und Kurt. Es gibt eine Erklärung. Ich rufe sie noch einmal an und frage: »Was wollte Kurt denn?«

»Kurt? Über meine Artikel für die Schülerzeitung reden. Ich bin ihm zufällig in der Galerie über den Weg gelaufen.«

Na also. Eine Erklärung. Ich lasse ihre Worte in mich hineinsickern. Nichts ist passiert. Alles ist in Ordnung. Außer, dass ich nicht aufhören kann zu zittern.

31. JULI

Callie

Es ist der letzte Tag im Juli, und in meinem Zimmer ist es so heiß, dass ich nach unten ausweichen muss. »Boah«, sage ich zu Mom, die ein Stück Mango auf dem Schneidebrett in Streifen schneidet. »Da oben kriegt man fast keine Luft mehr.«

Sie nickt. »Dein Vater und ich haben schon über eine Klimaanlage gesprochen. Das ist zwar teuer, aber an Tagen wie diesen scheint es das auch wert zu sein.«

Ich greife über die Theke und stecke mir einen Streifen Mango in den Mund. »Mh, lecker. Also hör mal, Kurt kommt später vorbei und will mit mir über einen Artikel sprechen.«

»Hier? Okay, klar. Also, Kurt ...« Sie hebt eine Augenbraue. »Du hast ihn schon ein paarmal erwähnt. Interessiert er sich für dich?«

»Wahrscheinlich.« Ich füge hinzu: »Aber ich mich nicht für ihn. Wir sind nur Freunde.«

Es gibt eine lange Pause. In der *Odyssee* von *Homer* lenkten die Seeleute ihr Schiff weg vom Meeresungeheuer Charybdis, das Meerwasser einsaugt. Aber ich schaffe es nicht mehr, das Schiff weiter zu steuern. Ich *kann* einfach nicht so weiter machen. Ich schenke mir selbst einen Kaffee ein, füge Zucker und Sahne hinzu. Als ich den Kühlschrank schließe, sage ich: »Mom, ich weiß, es gefällt dir nicht, aber du musst ...« Ich versuche es noch einmal. »Weißt du, es könnte sein ... dass es keinen Jungen für mich *gibt*, wenn du verstehst, was ich meine.«

Sie lehnt sich gegen die andere Seite der Küchentheke und legt das Messer ab.

Ich rede weiter. »Was damals mit Ivy passiert ist, na ja, ich *mag* sie. Jetzt, meine ich. Und auch wenn sie auf Jungs steht und zwischen uns nichts passieren wird, egal, was ich manchmal vielleicht glauben könnte ... na ja, was die Zukunft betrifft, weiß ich einfach nicht, ob ich an Jungs interessiert bin.«

Sie sagt langsam: »Du und Ivy ... ihr wart zu jung, um ...«

Ich stoße hervor: »Ich weiß nicht, ob ich lesbisch bin oder nicht oder was, ich weiß es einfach nicht, aber so zu tun, als ob es nicht möglich wäre, bringt mich um.«

Sie nickt, aber sagt noch nichts.

»Nicht, dass es darauf ankommt. Sie hat kein Interesse ... auf diese Weise ... an mir.«

»Ach Liebes, es tut mir leid, dass ich so ...« Und Mom fängt an zu weinen. »Ich glaube, wenn ich so sehr mit Cosmo beschäftigt bin, ist es einfach schwer für mich zu sehen, dass du erwachsen wirst.«

»Du warst so wütend auf mich und Ivy.«

»Weil ihr so jung wart. Und weil ich mich vielleicht frage, ob du eigentlich *mit* Ivy *zusammen sein* willst oder ob du *sie sein* willst.«

»Was du auch meinst, es ändert nichts an meinen Gefühlen.«

»Ich möchte dich auch gar nicht anders haben.« Sie kommt um die Küchentheke und küsst mich auf die Stirn. »Was immer du willst.«

Ich steuere an den Stromschnellen vorbei, als sie das sagt. Der schwarze Abgrund der Furcht – Charybdis – er liegt hinter mir, sofern er je existiert hat. Vor mir liegt das offene Meer, weit, blau und voller Möglichkeiten.

Mein Handy summt. Es ist Ivy:

Kommst du heute Abend zu Xanders Party?

Weiß nicht ... hab davon noch nichts gehört ...

Willst du mitfahren?

Welches Auto?

Wirst schon sehen.

Weiß noch nicht, ob ich darf!

Kurt kommt um vier, und wir sitzen in der Küche und trinken Tee. Es ist nicht zu übersehen, dass es Mom gefällt, wie gut er mit Eltern reden kann. Sowohl Tilly als auch Dahlia finden es immer schwierig, länger mit meinen Eltern zu reden.

Schließlich fragt Kurt: »Also, wie ist der Plan? Kommst du mit zu Xander?«

Mom dreht sich fragend zu mir.

Ich sage: »Ich … ähm, dachte, du würdest es nicht erlauben, also habe ich gar nicht erst gefragt.«

Mom hält meinen Blick. »Es könnte an der Zeit sein, dass ich dich überrasche, Liebes.« Sie dreht sich zu Kurt. »Gehst du auch hin?«

Er nickt. »Xander und ich sind ziemlich eng befreundet.«

»Wie ist er?«, fragt Mom.

»Xander? Klug und verantwortungsvoll.«

Sie lacht. »Du sagst genau das, was ich hören will.«

»Callie kann ja auf mich aufpassen«, witzelt er, »falls Sie sich deshalb Sorgen machen.«

Mom lacht wieder. »Na ja, also wenn Xander ein braver Junge ist, dann kannst du wohl gehen, Callie.«

»Echt, Mom?«

»Ich möchte aber, dass du bis Mitternacht zu Hause bist.« Sie fügt hinzu: »Wir sollten auch bald mal wieder zusammen mittags was essen gehen, du und ich.«

»Klingt gut.«

»Okay, ich habe noch zu arbeiten. Kommt ihr beiden mit Cosmo klar?« Mom reicht Cosmo zu mir rüber und geht nach oben in ihr Arbeitszimmer.

Ich schaukle Cosmo auf meinem Knie. Er gluckst. Zu Kurt sage ich: »Ivy hat mir angeboten, mich zu fahren.«

»Macht es dir etwas aus, wenn wir zu Fuß gehen?«, fragt er. »Ich möchte irgendwie erst mal ein wenig Abstand.«

»Ich habe ein schlechtes Gewissen. Sie hat es angeboten.«

»Also meinetwegen. Wir können mit ihr fahren. Ich bin ein großer Junge.«

Ich stoße einen Seufzer aus.

Er fragt: »Was?«

»Ich muss mit ihr reden. Ihr sagen, was ich empfinde.«

»Und das willst du jetzt machen?«

»Ich will, dass sie es weiß. Aber vielleicht sollten wir, ich meine du und ich, doch lieber laufen; es wird einfacher sein, es ihr zu sagen, wenn ich sie auf der Party sehe. Wenn wir uns gegenüberstehen.«

Kurt spielt mit Cosmo, während ich Ivy schreibe, dass wir nicht mitfahren.

ELF

31. JULI

Kurt

Die Wände des Wartezimmers im Krankenhaus sind zu nahe. Ivys Mutter wiederholt es Xander gegenüber noch einmal. »Sie haben Callie noch nicht gefunden, Xander. Sie ist noch nicht im Krankenhaus.«

Ich spreche mit schwankender Stimme. »Wo ist sie?«

Niemand antwortet mir.

Es ist, als ob ich gar nicht hier wäre.

Ich frage noch einmal, lauter. »Wo ist sie?«

Keiner von beiden dreht sich zu mir um.

Schmerz strahlt von meiner Brust in meine Hände aus. Da ist ein Tosen in meinem Kopf, ein Rauschen des Verstehens.

Sie hören mich nicht.

Am Abend von Xanders Party sitze ich in meinem neuen, roten Auto. Meine Hände liegen auf dem Steuerrad, Leder unter meinen Fingern. Meine Nägel sind grellrot lackiert. Die Musik lässt das ganze Fahrzeug vibrieren – es ist Isabel, die singt. Ich kann nicht aufhören, ihr zuzuhören – ich spiele ihre Songs zu Hause immer wieder und jetzt im Auto. Ich habe versucht, Callie gegenüber so zu tun, als ob ich das singe. Was für ein Witz. Isabels Song kriecht mit einem Prickeln durch meinen Körper, als ob jemand mit einem Finger meine Wirbelsäule entlangfährt. Das Auto steht, surrt im Leerlauf unter mir. Mein Mund ist zu fest zusammengepresst, um zu lächeln.

Callie schreibt: Werde laufen – schöner Tag. Treffe dich dann dort. Freue mich schon xxx

Ich habe Kurt gegen vier in ihr Haus gehen sehen. Ich weiß, wie das läuft. Ihre Nachricht ist nur die Bestätigung. Also warte ich schon, als Callie und Kurt schließlich das Haus verlassen.

»Hey, Süße«, sage ich zu Callie. Ich kann das alles zusammenhalten. In meinem Herzen ist Licht. Sie *müssen* eine andere Erklärung haben. Sie werden es mir sagen, wenn sie im Auto sind, und alles wird bestens sein, einfach bestens.

Callie sagt: »Ich fasse es ja nicht, tolles Auto!«

Kurt steht da, steif und verlegen. Ich kann es seinem Gesicht ansehen: Er will Callie. Ich will *ihn*, und Callie steht da mit ihm, als ob es ganz egal wäre.

Ich sage: »Kevin hat es für die allerliebste Mommy und mich gekauft. Sie wollen nämlich heiraten, wisst ihr.«

Callie sagt: »Cool …« Sie sieht mir nicht in die Augen.

»Ich habe ein Foto davon gepostet … ich bin jetzt nicht mehr Kansas Pearl, sondern einfach Ivy Foulds. Alle werden es inzwischen gesehen haben, und sie werden sich gegenseitig überbieten, mit mir befreundet zu sein.«

»Es ist echt schön.« Callie tut so, als ob alles in Ordnung wäre. Als ob es in Ordnung wäre, dass sie mir Kurt gestohlen hat. *Nein, bleib ruhig, Ivy, bleib bei der Sache.*

»Kommt schon, steigt ein, es ist brandneu. Es riecht sogar neu, es ist einfach toll. Wir können so weit fahren, wie wir wollen, ohne dass es überhaupt jemand merkt, und aus diesem Loch wegkommen. Oder wir fahren einfach rüber zu Xanders Party.«

Callie sagt: »Mom will, dass ich um Mitternacht zu Hause bin.«

»Wie Aschenputtel«, sage ich.

Sie lächelt angestrengt.

Kurt starrt mich an, als wäre ich ein Schneesturm, der sich gleich in einen Blizzard verwandelt. Aber gleichzeitig will er es Callie recht machen. Wie ein Hundewelpe. Alle Männer sind Welpen.

Ich sage: »Fahren wir.«

Kurt sagt: »Fahren wir.«

Beide steigen ins Auto.

Callie

Kurt, ganz Gentleman, setzt sich auf den Rücksitz und ich setze mich auf den Beifahrersitz. Ich bin nahe genug, um Ivys Parfüm zu riechen. Ihre Hand berührt fast meinen Oberschenkel, als sie den Rückwärtsgang einlegt, um auszuparken. Sie legt den Vorwärtsgang ein, nimmt ihre Hand weg, und mein Mund wird vor Sehnsucht ganz trocken.

Ivy fährt Richtung Xanders Haus, das auf der anderen Seite des Flusses liegt. Sie ist still, als ob sie nach Worten sucht. Dann sagt sie: »Callie, Kurt war mein Freund. Ich brauche irgendeine Erklärung …«

Oh, wow. Ich beeile mich zu sagen: »Wir sind nur gute Freunde, Ivy, schon seit Ewigkeiten.«

»Isabel sagte das Gleiche. Zu Anfang.«

»Callie und ich sind aber wirklich *nur* befreundet«, sagt Kurt. »Sie hat überhaupt kein Interesse an mir.«

»Aber du schon an ihr.«

»Meine Güte, das ist ja alles total verrückt.« Ich zwinge mich zu einem Lächeln. »Was für verworrene Netze wir doch zusammen spinnen.«

Ivy sagt: »Was soll das denn heißen?«

»Dafür ist jetzt nicht die richtige Zeit.«

»Sag es mir lieber, Callie.«

»Es hat nichts mit Kurt zu tun. Hör mal, können wir nicht später darüber reden?«

»Sag es mir jetzt!«

Meine Wangen werden knallrot. »Nein. Nicht jetzt.«

»Also gibt es keine Erklärung dafür, dass Kurt bei dir zu Hause war?«

Ich sage ganz schnell: »Ich mag *dich*, Ivy.«

Sie sagt durch zusammengebissene Zähne: »Wenn du mich magst, warum wolltest du mich dann nicht küssen? Du hast mich abgewiesen.«

»Du warst *high*«, antworte ich. »Das war nicht der richtige Moment. Ich hatte Angst. Und ich wollte nicht, dass es so passiert. So war es vorher nie zwischen uns ... es hatte etwas bedeutet. Jedenfalls für mich.«

»Lüg mich nicht an! Ich weiß jetzt, was du und Kurt, was ihr beide treibt.«

»Ivy, beruhig dich doch bitte. Das ist nur ein blödes Missverständnis.«

»Ich verstehe sehr gut.«

»Hör auf, mich anzuschreien.«

»Ich habe Isabels Motorrad gestohlen«, stößt Ivy hervor. »Sie war auf der Party mit Diego, sie war gar nicht mit mir auf dem Motorrad. Ich fuhr damit so schnell ich konnte. Ich kam von der Straße ab und fuhr gegen eine Mauer. Bumm! Aus voller Absicht.«

»Was meinst du mit ›aus voller Absicht‹?« Ich schwitze.

»Genau so habe ich versucht, mich umzubringen. Du erinnerst dich?«

Kurt wiederholt: »Du hast versucht, dich umzubringen?«

»Ich *wünschte*, Isabel wäre mit mir auf dem Motorrad gewesen. Die Schlampe! Dann wäre sie nicht mit Diego zusammengekommen.«

»Wie kannst du so etwas sagen?«

»Sie verdiente es, zu sterben.« Sie blickt mich an. Ihre Augen sind glasig. »Ich glaube dir nicht wegen Kurt. Ich bin doch keine verdammte Idiotin!«

»Ich habe nie gesagt, du wärst eine Idiotin. Ich glaube, *ich* bin die Idiotin.«

»Was soll das heißen?«

»Ich habe angefangen zu glauben, dass ich in dich

verliebt bin, aber vielleicht *kenne* ich dich nicht einmal.«

Ivys Worte werden schleppend. »Ich bin genau wie meine Mutter.«

»O mein Gott, Ivy. Du bist betrunken. Halt sofort an!«

»Ich bin schön. Ich bin wertvoll. Ich bin voller Licht.«

Sie lenkt das Auto auf die Brücke.

Kurt schreit: »Ivy, halt an!«

Sie drückt aufs Gas, dreht sich auf ihrem Sitz zu mir und hebt die Hände. Sie sieht mir direkt ins Gesicht und sagt: »*Du* hast das getan.«

Ich greife nach dem Lenkrad. Sie wehrt mich ab. Kurt löst seinen Sicherheitsgurt und versucht, das Lenkrad von hinten zu fassen.

Die Brücke. Die Baustelle. Das Schild: HIER WARTEN …

Das Auto knallt in die kaputte Leitplanke und fliegt durch die Luft, meine linke Schulter wird aus dem Gelenk gerissen, als Kurts ganzes Gewicht über mich hinweg gegen die Frontscheibe geschleudert wird. *Er hat seinen Sicherheitsgurt gelöst …* Dann drückt er mich gegen den Airbag, der wiederum zwischen mir und der Scheibe aufgeht.

Ich kann nichts hören, aber ich spüre, wie das Auto

fällt. Kurts Körper bewegt sich weg von mir und jetzt kann ich etwas sehen. Die Sonne steht tief am Himmel, verbrennt die Unterseiten der Wolken, taucht Ivys Haar in strahlendes Licht, und wir stürzen, schwer wie Grabsteine, schwer wie letzte Worte.

Als wir hart und mit einem Knall auf dem Wasser aufschlagen, durchfahren mich Schmerz und Angst, doch ich bin am Leben. Das Auto sinkt, und kaltes, eiskaltes Wasser strömt durch die Fenster herein, und durch Ivys Tür – die bei dem Aufprall aufgerissen wurde.

Der Airbag drückt gegen mich, und ich kämpfe darum, meinen Gurt zu lösen. Ich schiebe Kurt zurück und versuche dann, ihn herauszuziehen, ihn zu befreien.

Wo ist Ivy? Doch es ist keine Zeit mehr, sich umzusehen.

Wir sind Meerjungfrauen, glitschig und wässrig gehen wir unter.

Ich muss Kurt retten. Ich zerre an ihm. So kann es doch nicht enden. Wasser steigt bis zu meinem Schlüsselbein, bis zu meiner Kehle. Ich hole tief Luft, tauche unter und drehe Kurt, so dass sein Gesicht zu mir zeigt.

Und jetzt erinnere ich mich.

Ich bin im Auto. Auf dem Rücksitz. Ivy plappert völlig bescheuertes, verrücktes Zeug. Das Auto rammt die Leitplanke. Callie schreit. Ein Salto. Der Aufprall.

Mir wird bewusst, dass danach niemand direkt mit mir gesprochen hat; selbst auf der Party hat man mich ignoriert. Ich denke daran, wie Mrs Foulds mich ausdruckslos angestarrt hat. Ich denke an die zweite Tasse Kaffee, von der ich dachte, Xander hätte sie für mich ins Wartezimmer gebracht. Ich denke an die Fernbedienung, die nicht funktioniert hat.

Xander und Mrs Foulds reden immer noch, die Lichter flackern. Der Stroboskopeffekt. Merken sie es denn nicht? Ich taumle von ihnen weg, wie ein Betrunkener.

Tot. Dieses Wort. Es wiederholt sich immer und immer wieder in meinem Kopf. Ein dumpfes Wort, an beiden Enden akzentuiert.

Ich bin tot.

Die Lichter gehen aus.

Erinnerungen segeln durch meine Gedanken wie fallende bunte Blätter im Sonnenlicht.

Meine Mutter, wie sie an ihrem Schreibtisch sitzt und tippt, das Geräusch der Tasten.

Mein Vater, der in meinem Zimmer in einem Sessel sitzt und *Die Odyssee* liest.

Cosmo, der mich mit angestrengtem Blick beobachtet, den zahnlosen Mund zu einem Lächeln verzogen.

Kurt, wie er sich immer am Hinterkopf kratzt, wenn er mir aufmerksam zuhört.

Ivys Mutter, in der Haltung eines Engels am Rande des Flusses.

Ich sitze auf dem Ast eines Baumes, meine Füße baumeln hin und her.

Ich sehe das Umzugsauto zwei Häuser weiter, ein grünes Auto, die Beifahrertüren gehen auf, ein Mädchen steigt aus.

Ich sehe ihren Kopf nur von hinten, bevor ich zum ersten Mal ihr Gesicht sehe.

Ich erinnere mich, wie sehr ich sie geliebt habe, wie gut sie sich in meinen Armen anfühlte.

All die Tage ziehen blitzschnell an mir vorbei, jeder Tag meines Lebens – eine Fotomontage von Erinnerungen. Da steht Kurt im abendlichen Sonnenschein vor meinem Haus. Da ist mein Vater, der sich an den Türrahmen meines Zimmers lehnt und mir eine Geschichte erzählt, sich dann umdreht, um meiner Mutter einen Kuss zu geben. Da greift Cosmo mit seinen Baby-Patschhänden nach meinem Finger.

Da ist meine Mutter, die konzentriert etwas in den Computer tippt, während leise Musik spielt. Sie sieht mich und macht eine Pause mitten im Satz. Sie rollt ihren Stuhl zurück, und ich betrete das Zimmer. Ich weine, und sie hält mich ganz fest, gibt mir einen Kuss ins Haar, während ich in ihren Armen schluchze.

Ich wünschte, ich könnte ihr sagen, dass ich sie liebe.

Sie lässt mich los, schaut mir in die Augen, und all ihre Liebe steht darin. Einen Moment lang fühlt sich dieser Blick stark genug an, um mich für immer bei ihr zu halten.

Aber ich kann mich nicht festhalten.

Ich lasse los.

Ich schwebe.

Ivy

Schmerz durchfährt mich.

Jemand ruft: »Sie verliert zu viel Blut.«

Callie. Es tut mir leid. Bitte verlass mich nicht.

Callie

Meine Granny steht vor mir, und die Luft riecht nach Rosenblüten, süß und appetitlich. Hinter ihr ist nichts als Himmel, und es ist das Schönste, was ich je gesehen habe.

Ich versuche, mich zu konzentrieren, versuche nicht weiterzuschweben.

Worte wie Fische im Fluss.

Meine Granny sagt: »O Callie.«

Ich küsse ihre Wange. »Ich vermisse dich, Granny.«

»Bleib nicht hier«, sagt sie. Und sie verblasst, als sei sie nichts als Luft.

Ich rufe nach ihr, aber sie ist fort. Dann sehe ich Kurt, der am Ufer entlangläuft, nach etwas oder jemandem sucht, vielleicht sogar nach mir.

Ich renne zitternd zu ihm und lege eine Hand auf seinen Arm, der kalt ist, so kalt.

»Kurt«, sage ich und teste meine Stimme.

»Wo warst du? Ich wusste es nicht. Ein Geist meiner selbst, ohne es überhaupt zu wissen.« Er klingt verloren. »Das Licht geht immer an und aus.«

»Ich musste schwimmen. Ich musste dich dort zurücklassen«, schluchze ich. »O Kurt. Hat es weh getan?«

»Ich weiß nicht. Ich weiß nicht, wie ich aus dem Krankenhaus hierher zurückgekommen bin. Zuerst dachte ich, ich sei auf der Party ... ich weiß nicht, wie ich dorthin kam. Dann war ich im Krankenhaus und habe gewartet. Dabei war ich die ganze Zeit tot. Und jetzt bin ich hier.«

»Hey, hey, pst. Was du sagst, ergibt keinen Sinn.« Ich bemerke den Silberdollar um seinen Hals.

Seine Augen sind auf mich gerichtet. Langsam, als spräche er durch Wasser gedämpft: »Ich kann nicht zu meinen Eltern zurück. Nicht zu meiner leiblichen Mutter. Nicht zu meinen Brüdern. Ich kann nicht zurückkommen.«

»O Kurt, es tut mir so leid.«

»Es ist nicht *deine* Schuld«, sagt er, plötzlich gut verständlich.

»Wie konnte ich so blind sein?«, frage ich. »Da sitze ich andauernd über Büchern und lese immer wieder aufs Neue Romane, in denen Leute fürchterliche Dinge tun, aber im echten Leben befinde ich mich in einer Blase.«

»Du konntest Ivy nicht hinbiegen.«

»Ich war so naiv. Ich dachte, ich sei so erwachsen, aber ich war nur … wie konnte ich bloß denken, dass ich sie *liebe*?«

»Scht, hör auf.« Er berührt die Buchstaben seines Tattoos. »Das habe ich machen lassen, nachdem meine leibliche Mutter mich ermahnt hatte. γνῶθι σεαυτόν – ›Erkenne dich selbst‹.«

»Echt? Die Inschrift am Apollotempel von Delphi?«

Er sagt: »Streberin! Niemand sonst weiß so etwas.«

»Ich wollte immer dorthin … das Orakel von Delphi befragen … schon als ich noch klein war. All diese Prophezeiungen … sind einfach cool.«

»Du bist wirklich eine Streberin«, murmelt Kurt. Er wird ernst. »Ich wünschte, die Dinge wären anders gewesen, Callie.« Er fügt hinzu: »Du hast noch eine Chance. Sieh mal.« Er deutet nach vorn.

Wir blicken beide dorthin, wo mein blasser Körper liegt, an den Uferrand gespült.

Ich flüstere: »Das ist nicht fair. Das hast du nicht verdient.«

»Du musst dich beeilen.«

Ich denke an meine Familie, mein Zuhause, die Dinge, die ich noch tun möchte. Ich denke an die Schülerzeitung, die Gedichte, die ich schreiben möchte, die Geschichte, die ich zu erzählen habe. »Aber ich ...«

»Nichts ›aber‹. Geh!«

Ich weiß, dass er recht hat. Ich mache einen Schritt auf meinen Körper zu.

Kurt sagt: »Ich werde dich vermissen, Callie.«

Mein Magen schmerzt. Mein Gesicht, mein Hals ebenfalls. Ich strecke die Hand aus und spüre meine Haut. Sie ist nass. Ich liege im Gras, neben mir der Fluss.

ZWÖLF

DANACH

Callie

Ich bewege mich. Meine Eltern und mein kleiner Bruder sind im Krankenzimmer. Alle drei zusammen.

»Sie ist wach.« Es ist mein Vater, der das ruft, hinaus auf den Flur läuft und ruft: »Schwester! Irgendjemand? Sie ist wach!«

Meine Mom beugt sich über mich und umarmt mich, Cosmo zwischen uns gedrückt. Sie weint. Ich spüre ihre Tränen durch den dünnen Stoff meines Krankenhaushemds an meiner Schulter.

Später erzählen sie mir von Ivy. Sie hat den Aufprall überlebt, hatte aber zu viel Blut verloren und ist im Krankenhaus gestorben. Ich wünschte, ich könnte mit ihr sprechen, sie anschreien, hassen, ihr verzeihen, aber sie ist fort.

Und dann erzählen sie mir von Kurt. Ich wusste es,

aber die Nachricht fühlt sich an wie eine Glasscherbe in meinem Herzen.

Später dann erzähle ich der Polizei, was geschehen ist. Ich erzähle ihnen alles. Meine Mutter ist hier, den Kopf in die Hände gestützt.

Mom hält mich, während ich weine. Es wird noch viele Tage wie diesen geben.

Das Ende von UNS

Worte gleiten durch meinen Kopf. Ich bin so müde.

Rebecca kommt.

Ich sage: »Ähm, du weinst doch nicht, oder?«

»Vielleicht doch.«

»Du weinst normalerweise nicht.«

»Stimmt, na ja«, sagt sie, »Du rast auch normalerweise nicht von einer Brücke.«

»Es tut mir leid … alles«, sage ich.

»Dir tut es leid? Dir muss gar nichts leidtun.«

»Ich wusste es. Ganz tief in mir drinnen. Ich wusste, dass Ivy ziemlich kaputt war. Ich wollte nur … wahrscheinlich hattest du recht … ich …« Meine Stimme wird ganz leise. »Ich dachte, ich wäre in sie verliebt.«

»Das warst du auch.«

Wir beide sehen uns nicht an.

Rebecca sagt: »Ich kann nicht glauben, was sie getan hat.«

Ich sage: »Ich schon.«

Rebecca schweigt und sagt dann: »Wenn du hier rauskommst, hast du ... ich meine ... na ja, hast du vielleicht Lust, zu mir zu kommen? Unser gemeinsames Frühstück nachzuholen oder so was?«

»Klar«, sage ich. »Klar. Das klingt richtig gut.«

Die Tage vergehen. Manchmal, wenn ich aufwache, stehen meine Eltern da und schaukeln Cosmo zwischen sich hin und her. Irgendwann geben sie mir ein neues Handy. Es ist voll mit Nachrichten. Noch mehr Tage vergehen. Freundinnen und Freunde kommen zu Besuch; Tilly ist zurück aus den Ferien. Alison und Alex von der Schülerzeitung kommen vorbei. Bald wird es Zeit für mich, nach Hause zu gehen. Mein Körper heilt langsam.

Ganz zeitig eines Morgens öffne ich meinen Laptop. Ich spiele mit dem Gedanken, ein paar Zeilen eines Gedichts aufzuschreiben, Zeilen, die seit dem Unfall in meinem Kopf entstanden sind.

Sie bat dich am Fluss innezuhalten.
Und die Welt platzte auf wie eine Eierschale.
Der Raum, den du nie eingenommen hast,
wie vergossenes Wasser.

Da höre ich Kurts Stimme: *Ich lehne mich im Garten an einen Baum, die Nacht um mich herum ist wie schwarzes Wasser.*

»Kurt?«, sage ich in die Morgendämmerung. »Ivy?« Und ich lausche in die Stille.

Danksagungen

Danke:

Hadley (kann ich dir doppelt danken?!)
Jackie
Maria
Allyson
Leona
Jen
Émile
Dad
Mum

und
vor allem

Yann